時間跳躍的妳來自昨日

來自昨日

新裝版　タイム・リープ〈上下〉あしたはきのう

高畑京一郎

鍾雨璇　譯

目錄

序章　開始與結束

一陣溫熱柔軟的感觸。

從嘴唇傳來的觸感，讓翔香睜開了雙眼。

一張臉映入她的眼中，距離近到雙眼無法對焦。對方是個男的，雙手還抓著翔香的肩膀……

翔香花了一會，才理解自己身處的情況。

當她意會過來的當下——

隨著啪的一聲清脆聲響，翔香迅速跳離對方。

「你突然幹什麼！」

翔香大叫，左手手背用力擦拭嘴巴。

「痛死了……」

對方被賞了一巴掌，臉被打得歪向一旁。只見他扶了扶被打歪的眼鏡，打量翔香。

「妳突然搞什麼啊，鹿島。」

對方臉上浮現的神情與其說是生氣，更近似錯愕。翔香認得眼前這個人。

線條鋒利的五官，配上修長的眼眸。

「……若松同學？」

對方是同班同學若松和彥。

翔香大感意外。

和彥討厭女生是眾所皆知。如非必要，他絕不和女生說話，還對女生敬而遠之。在班上的女生之間，大家甚至還傳聞說他也許是好那一口。

結果若松同學親了我……？

先湧上翔香心頭的不是怒火，而是狐疑與詫異。

「……爲什麼若松同學在這裡？」

和彥皺起眉頭，微微歪過頭。

「……妳到底在說什麼？」

「別裝傻了！是你突然對我……」

翔香咬住嘴唇。

她並不討厭和彥。雖然她沒怎麼和他說過話，但真要說的話，和彥算是她喜歡的類型。只是這跟眼前的狀況是兩碼子事。

和彥顯得更加疑惑不解。

「雖然妳這麼說……但這裡可是我的房間啊。」

「咦？」

聽他這麼一說，翔香環視周圍。

只見房間裡有著大張書桌、塞滿書的書櫃，以及擺放在角落的床。整個房間從窗簾到地毯，所有家具都統一成黑白色調，整體風格乾淨俐落。

翔香對這個房間毫無印象，這裡絕對不是她的房間。

「而且剛才是妳……」

說到一半，和彥的嘴巴無聲地「啊」了一聲。

「原……原來……是這麼一回事啊……」

他的聲音一陣顫抖，語調中帶著笑意。

這下換翔香一臉困惑。

「有什麼好笑的？」

「抱、抱歉……」

和彥一邊道歉，同時仍然笑個不停。他笑得彎起腰，聲音和身體都不住打顫。

到底什麼事情這麼好笑？翔香百思不得其解，平時的和彥實在不會這樣瘋狂大笑。

「我說，若松同學？」

翔香往前打算進一步逼問時，腳卻撞上小桌子，發出清脆聲響。房間中央的小桌子上放著一個大玻璃碗，裡面堆滿分量驚人的水果。有鳳梨、橘子和桃子等，果皮全都剝除乾淨了，看來是罐頭水果。

翔香腦中不禁閃過疑問，好奇到底誰要來解決這麼多水果，不過她隨即注意到旁邊擺著兩人份的碗和叉子。說起來，書桌上也放著兩組咖啡杯。這些應該是準備給她與和彥的嗎？翔香現在是來和彥家作客嗎？

可是這太不對勁了。

翔香完全不記得來過和彥家，兩人的交情也沒好到會去彼此的家。說起來，翔香甚至不知道和彥的家在哪裡。

自己爲什麼在這裡？又是什麼時候來的？

「……」

翔香毫無記憶，也毫無頭緒。

如果有不知道的事情，問知道的人自然是最快的辦法。然而能爲翔香解惑的人，現在還在笑個不停。

「啊……肚子笑得好疼……」

和彥右手按著側腹，甚至笑到眼泛淚光。

不管怎麼說，這笑得太誇張了。

翔香胸中逐漸燃起怒火。儘管事情尚未明朗，不過和彥毫無疑問地吻了翔香。結果他笑成這樣，未免太沒禮貌了。

「——我說啊，若松同學？」

翔香感受到自己的口氣變得尖銳。「你適可而止一點，別顧著笑，說明一下啊。」

和彥總算止住了笑，或者說抑制住了身體的痙攣，然後深呼吸。

「鹿……鹿島……」他的聲音還在顫抖。「不行，鹿島，我現在還不能告訴妳。」

「什麼意思？」

「妳遲早會明白的。話、話雖如此……」

和彥的話說到一半又停了，他又發作了。只見他彎起身子，幾乎整個人趴在地毯上，笑得全身發抖。

這傢伙沒救了，翔香深深地嘆了口氣。她放棄這個笑得像起乩的傢伙，離開了房間。

房門外是鋪著木地板的走廊，正對面是一扇窗。走廊的右手邊盡頭有一扇門，上面掛了寫著「KNOCK PLEASE」的牌子。牌子上還畫著童話風格的圖案，十分可愛。左手邊則是通往樓下的樓梯。

翔香果然毫不熟悉這裡。

從窗外的景色來看，現在已經晚上。雖然不知道現在到底什麼情形，不過不早點回家，可能會讓父母擔心。

「鹿島……」

正當翔香準備下樓梯時，和彥匍匐著爬出了房間。依舊按著側腹的他，痛苦的臉龐上浮現笑意，開口說道：

「加油啊。」

「什麼意思？」

這傢伙沒頭沒腦地說什麼？當翔香打算轉向和彥時，穿著襪子的腳底一滑。

「呀啊！」

翔香還來不及慘叫，就仰面摔下了樓梯。

第1章　最初是星期二

1

翔香摔了下來。

她的屁股「咚」地一聲，重重摔在地上。

「好痛。」

翔香皺起了臉，但屁股並沒她想像中的痛，似乎是地毯起了緩衝作用。

地毯？

翔香東張西望。

底下鋪著淺綠色的地毯，一旁則是同爲淺綠色的床，此外還有書桌、書架、衣櫥和音響。牆上的衣架還掛著深藍色的制服外套。

「咦？」

這裡是翔香的房間。

她就這樣脫力地坐在地毯上，低頭看了看身上的衣服。自己現在穿睡衣。

「……作夢嗎？」

翔香望向床。大概是睡著的自己試圖抓住東西支撐身體，床單和棉被都滑落在地。

「搞什麼……原來是作夢啊……」

翔香不禁對睡昏頭的自己苦笑，然後情不自禁地用指尖摸了摸嘴唇。

夢境太過眞實，讓她覺得嘴唇上彷彿還留有觸感。

「眞是的……爲什麼作那樣的夢呢？」

若松和彥只是她的同班同學，雖然每天見面，但她從未把他視作戀愛對象。如今他卻出現在翔香的夢中，難道是翔香潛意識裡懷有這種願望嗎？

「眞是的……」

翔香自顧自地臉紅，再次喃喃嘀咕。

就在此刻──

「翔香！」樓下傳來母親若子的聲音。「快點起床！上學遲到了喔！」

翔香望著桌上的時鐘，上面顯示八點〇三分。

「哇！」

翔香跳了起來。第一節課是八點半開始，剩不到三十分鐘。

她急忙脫下睡衣，換上制服。她打著領帶，審視鏡中的自己，好在頭髮沒有亂翹。翔香快手快腳地梳完頭髮，打理好服裝儀容後，便抓起書包衝出房間。

翔香習慣在前一晚就收拾好書包，雖說她也是爲了縮短起床到出門的時間，才自然而然地養成習慣。

不過趕時間總是有百害而無一利。翔香直接三步併兩步下樓，腳卻在途中一滑。

「哇？」

翔香一屁股跌坐下去，「咚咚咚」地一路滑下樓梯。如果樓梯中間沒有九十度轉彎，她恐怕就會一直跌到一樓走廊上。

「好痛……」翔香皺著臉，低聲咕噥：「該不會是預知夢吧？」

「翔香？」

從廚房探出頭來的若子，看到翔香隔著裙子搓揉屁股，哭笑不得地嘆了口氣。

「又摔下來了？我不是老叫妳要小心嗎？」

「別說得好像我每天都摔一樣……不過就是一年兩三次而已。」

「就算是兩三次也夠多了。」

翔香試圖反駁，隨即意識到現在不是拌嘴的時候。她猛然站起身。

「媽媽，便當呢？」

「就在桌上……妳偶爾也該自己作便當吧？」

在這件事上，翔香毫無立場反駁，因此她選擇沉默以對，衝進廚房。

「早安，爸爸。」

翔香向看報紙的父親英介道早，同時攫走桌上的便當盒。英介有些無奈地看著翔香，翔香同樣選擇保持緘默，奔向玄關。

「早餐呢？」

「沒時間了！」

翔香大聲回應若子，急急忙忙地出了門。

從翔香家到東高，需要過橋並穿過商店街，算起來約兩公里路程。

2

翔香就讀的東高是一所縣立高中，創校時間追溯到大正年間，是縣內著名的升學學校。同時，東高在運動方面也有不俗的表現，足球隊更擁有全國水準的實力。由於原本是男子高中，現在改爲男女混校，男生的人數依舊比女生多，男女比例約三比一。

學校的設施也相當完善：校內有兩個操場和兩座體育館，理所當然也有游泳池。此外，還有弓道場和天文台，甚至還有學生會館。不過部分設施已經開始出現建築老舊的問題。擁有悠久歷史，不全然都是好處。

翔香衝進二年二班的教室時，恰好趕上上課鈴聲響起。

地科老師藤岡貢已經站在講台，對氣喘吁吁的翔香投以無奈眼神，但未多作評論。

「起立。」

在班長香坂賢一的口號下，全班同學起立，椅腳的摩擦聲齊齊響起。此時坐在翔香前面的水森優子回頭看她一下。優子和翔香打從一年級就同班，她是一位給人文靜沉穩印象的美少女。

「好險呢。」

「我大概……刷新了……最高紀錄……」

聽到翔香上氣不接下氣的回答，優子微笑。

「說不定沒多久田徑隊會來找妳加入呢。」

「敬禮。坐下。」

學生們坐下後，藤岡以他一貫莫名含糊的聲音說：

「今天記得是第七十二頁開始。請各位打開課本。」

藤岡雖然只有四十五歲，但是他的說話方式和輕微駝背的姿勢，讓他看起來比實際年齡老了十歲。

翔香打開書包，然後發現一件奇妙的事情。

「……爲什麼薇薇在這裡？」

「薇薇」是藤岡的綽號，源自於他的口頭禪「微乎其微」。

「爲什麼……是指什麼？」

優子小聲回問。

「第一節課應該是英文讀解吧？」

「妳說什麼啊，星期二的第一節課不是地科嗎？」

「星期二？可是……」翔香擠出笑容。「星期天之後應該是星期一吧？」

「是啊，然後星期一之後，就是星期二，所以今天是星期二……翔香，妳該不會還沒睡醒吧？」

「……我很清醒啦。」

「妳要是忘了帶課本，」優子露齒一笑：「要不要我借妳呀（註）？」

從懂事以來不知道聽過幾百次的諧音哏，讓翔香嘆氣，搖了搖頭。

「不用了，我跟村木同學借。」

翔香語音剛落，坐在隔壁的村木良雄大概聽到兩人對話，隨手輕輕推過課本。

註：原文為「貸しましょうか」，其中「しょうか」與翔香同音。

「謝謝。」

翔香小聲道謝，從書包拿出文具。她喜歡用活頁紙而不是筆記本，這種時候就很方便。

「咦？」

翔香情不自禁地一聲驚呼。她的地科課本竟然好端端收在書包裡。

她什麼時候放進去？不，答案很明顯，自然是她昨晚整理書包時放進去。不過星期一沒地科課，她到底爲什麼把地科課本放進書包呢？

藤岡乾咳了一聲，瞪向翔香。翔香頓時縮起身體，不過爲時已晚。

「這邊的練習題，就由鹿島妳來解答一下吧。」

「……是。」

翔香大傷腦筋，不論是數學還是地科，只要涉及計算，都是她不擅長的科目。更何況她完全沒預習，根本回答不出老師的問題。

她手足無措的時候，良雄把他的筆記本推過來，上面是寫好答案的練習題。

翔香心中對良雄充滿了感激。

3

第一節課在藤岡的眼神關照下，翔香必須專心上課，沒時間多想。不過一到下課時間，疑惑再次湧上她的心頭。

為什麼今天是星期二？昨天明明是星期天，照理來說，今天應該是星期一才對。

「喂，知佐子，今天是星期幾來著？」

「星期二啊。」

「幹代，今天是星期一，對吧？」

「妳在說什麼，星期一是昨天吧。」

翔香問了跟她感情要好的三原知佐子和矢內幹代，卻毫無收獲。

「喂，村木同學。」

「星期二。」

連在第一節課那麼親切的良雄也這麼回答。

難道真的是我記錯了嗎？聽到大家都回答星期二，翔香一時之間懷疑起自己。然而不管怎麼想，事情都很奇怪。

昨天明明是星期天，這一點無庸置疑。翔香還記得看了平日午間時段播出的綜藝節目的節目集錦。要是今天是星期二，那星期一消失到哪裡了？翔香再怎麼睡昏頭，也不可能完全忘記「昨天」的事吧。

難道班上所有人都串通好，跟我開玩笑？翔香腦中閃過這個念頭，但她想不出大家這麼做的理由。而且藤岡身爲老師，也不可能參與這種惡作劇。

翔香百思不得其解。

到了第二節課，來上課的是地理老師橫山清史，一如星期二的課表。

難道今天眞的是星期二嗎……

只要承認今天是星期二，就能解決所有問題——除了一個問題：翔香爲什麼沒有星期一的記憶。

按照星期二的課表，第三節課應該是英文讀解，不過中田輝雄老師感冒請假，所以變成了自習。

中田是東高教師中年輕一輩的老師，年紀只有二十七歲。他單身未娶，長相端正，身材又好，穿著很有品味，很受女學生歡迎。翔香自然不例外，只是這一天她倒是十分樂見中田請假。畢竟她正爲眼前莫名其妙的狀況焦頭爛額，此外，她也能得空解決她那樸實無華的小煩惱，趁機塡飽她沒吃早餐的胃袋。

東高的課程是每節課六十五分鐘，一天六節課。課堂的時間分配有些特別，是上午三節課，下午三節課。也就是說，第三節課之後就是午休，即使稍微偷跑也還好。

本來大家認眞自習的時候，自己一個女生偷吃便當，多少有些心虛。不過都說人是鐵，飯是鋼，餓著肚子沒辦法好好思考。翔香這麼告訴自己，毅然決然拿出便當。

東高的傳統校風重視學生的自主性，校規寬鬆，自習時間也沒有老師監督，因此翔香得以悠哉地塡飽肚子。儘管希望飯後來點飲料，翔香還是決定克制一下。

塡飽肚子，翔香突然想到一個可能性。

雖然有點扯，不過昨天自己說不定整整睡掉一天。如此一來，翔香記不得星期一也是理所當然。如果說單純睡過頭太不自然，也可能是發燒之類，才會昏睡整整一天……

不，這個說法感覺說不通。倘若眞是如此，今早若子應該更關心翔香才對。

「喂……」

儘管如此，翔香還是姑且一問。她戳了戳優子的背。

「怎麼了？」

優子轉過身，望向翔香。

「可以問妳一個奇怪的問題嗎？」

聽到翔香的問法，優子微笑。

「什麼奇怪的問題？」

「昨天……我有來學校嗎？」

在旁人眼中，這個問題想必挺蠢，畢竟就連翔香自己也這麼覺得。果不其然，優子眨了眨眼。

「……妳當然有來啊。」

「眞的？」

「嗯。」

優子點了點頭，表情不像撒謊。

失憶？這個詞忽然浮現在翔香腦海。然而翔香除了昨天以外的記憶都很清晰。她唯獨喪失了昨天的記憶嗎？要是哪邊撞到頭，還有話講，但翔香沒有這樣的印象……雖然在夢境和現實裡，她曾兩度從樓梯上摔下來。

想到這裡，翔香內心苦笑了一下。

如果眞的是失憶，翔香會「沒有印象」也是無可厚非。

自己該不會眞的在哪裡撞到了頭吧？翔香現在對這個想法變得有幾分認眞。說起來，翔香的後腦杓感覺有點隱隱作痛。

不過如果眞是這樣，自己究竟在哪裡撞到了頭？昨天的自己到底在做什麼？翔香好奇起來，再次發問。

「……妳還記得我昨天做了什麼事嗎？」

「妳還淨問些奇怪的問題耶。」優子歪了歪頭，然後突然想到什麼似地粲然一笑，佩服地點著頭說「原來如此」，開口回答：「沒特別的事情呀，就跟平常一樣。」

翔香對優子的說法和表情變化有些熟悉。彷彿最近才見過類似反應，到底哪裡呢……

翔香突然回想起來，臉上不禁一紅。答案是和彥，夢中和彥的反應也是類似感覺。

夢中……

那眞的只是一場夢嗎？說不定其實發生過。翔香摔下樓梯時撞到頭昏厥，結果被送回家，同時因爲頭部撞擊，失去了一天的記憶……這樣的推論似乎也並非毫無可能。

翔香的視線下意識地搜尋起和彥的身影。

4

若松和彥即使在以升學率聞名的東高也是名列前茅的資優生。他的段考成績從未低於十名以下。

和彥的長相算得上是帥哥。他有著尖銳的輪廓，配上單眼皮的修長鳳眼，整體給人精明幹練的印象。他的身高雖然略低於一百八十公分，但依舊算高。因爲體型瘦削，讓他身形更加高挑。

他沒有加入運動社團，不過體育成績不差，在期末的球類比賽上也頗爲活躍。

一言以蔽之，和彥算高分通過受女生歡迎的標準。

儘管如此，和彥卻沒有任何花邊消息。

和彥身上有一股難以親近的氣場。更準確來說，是一種拒人於千里之外的排斥感。尤其是與女生相處時，這種感覺尤爲顯著。他並非特別冷漠，也不是沉默寡言，更不算是個性陰暗，不過他總是與人保持一定距離。

「他的座右銘肯定是『各人自掃門前雪』。」

以前有人這麼評論。

然而，和彥並非不擅長團體生活。雖然他對於與己無關的事情，絕不插嘴出手；但對於需要完成的任務，則會做到盡善盡美。

有一次，在第一學期的球類比賽的時候，發生了這麼一件事——

東高期末考結束，會舉行爲期四天的球類班級對抗賽。比賽項目有壘球、排球、籃球、桌球、足球等，每個人至少都要參加一項。此外，比賽還規定大家不能參加屬於自己專長的項目。比方說足球社團的成員，就不能參加足球比賽。

決定比賽項目的過程，可說是費盡波折。班長香坂賢一擔任主席，決定選手人選的時候，大家都自顧自地提意見。

有人主張自己擅長足球，有人說願意參加排球或籃球比賽。這些相對有建設性的意見還算好，不過也有自說自話的傢伙表示討厭跑來跑去，或是要求只想和特定對象一起參加比賽。

對於這種你一言我一語的混亂狀況，大家一部分樂在其中，不過拜此之賜，比賽項目遲遲難以決定，甚至拖延到放學時間。

就在這個時候，和彥起身發言：

「香坂，夠了吧。快點決定吧，這樣下去只是浪費時間。」

平時情緒不外露的和彥，此時顯然被無止境的討論搞得相當煩躁，語氣十分不耐。

「不過若松，你看現在這樣子……」

賢一嘆了口氣。和彥瞥了一眼教室內的同學，便大步走向黑板。

「簡單來說，這樣就解決了吧。」

他拿起粉筆，在只寫著比賽項目的黑板上，行雲流水地寫下一個又一個名字。

事到如今，翔香已經記不清他在哪些比賽項目，分別寫下了誰的名字。不過她仍然清楚記得，和彥寫下的名單，完美符合大家任性的要求。

「這樣還有人有意見嗎？」

和彥寫完所有名字，轉身面向全班同學。教室瞬間安靜下來，然後爆發出一片讚嘆聲。因為大家都意識到，和彥完全掌握了四十多名同學的各種要求，並且精準地找出各項訴求的平衡點。

沒有人異議。更確切地說，大家都對和彥展現的過人手腕目瞪口呆，心悅誠服。

最後球類比賽就照和彥的提案進行。

之後，和彥就被大家起了「廐戶皇子（註）」的綽號。從不肯直接叫「聖德太子」這點來看，可以感受到升學學校學生彆扭的個性。

說起這位稱為「廐戶皇子」的若松和彥，他現在一手握著鉛筆，專心地盯著參考書。只見他用鉛筆筆尖敲著桌子，不時兀自點頭，在書上提筆註記。

他那張戴著銀框眼鏡的側臉，確實宛如知識的化身。

然而當翔香定睛一看，想知道他在讀什麼參考書時，她不禁啞口無語。

那本參考書上排列著無數黑白方格。和彥正在閱讀方格旁的短文，或直或橫地填寫文字……簡單地說，他在解填字遊戲。

根本不是認眞讀書嘛……

翔香把剛才偷吃便當的自己忘得一乾二淨，忍不住在心中嘀咕。

和彥一臉認眞，不時緊鎖眉頭的模樣，宛如一位思想家。不過一想到他是在解塡字遊戲，就不禁莞爾。

「妳在看什麼呢？」

翔香的腦袋被輕輕敲了一記。只見優子用揶揄的眼神看著她。

「……沒什麼呀。」

「是嗎？」優子盈盈微笑，瞥了一眼和彥，再把視線轉回翔香。「是喔？」

「怎、怎樣啦……」

「沒什麼呀。」

優子刻意模仿翔香的語氣，但表情明顯在說「一切都被我看穿了」。

別有奇怪的想像啦。

翔香想這麼說，不過沒有昨天記憶，她也不敢斷言。

註：即後文提及的聖德太子，聖德太子是其謚號。據說他能一字不漏地同時聽多人說話，並給予確實的回答。

那晚眞的是一場夢嗎？還是翔香僅存的記憶片段呢？

雖然直接向當事人確認最快，但她不知道如何開口。

「昨天我去過你家嗎？」

這種蠢問題，翔香實在問不出口，更別提親吻了。

果然是一場夢吧，翔香結論。首先，就算是和彥，如果昨晚眞的發生那樣的事情，他今天的態度應該多少不同；其次，那個和彥不可能捧腹大笑。固然和彥也是人，自然會笑。翔香自己也曾幾次目睹和彥的笑容，不過那都是——

「呵……」

總是接近冷笑的感覺。

「還在看呀？」

優子揶揄翔香。

5

第六節課在四點二十五分結束，接著是放學的班會時間，再來就是打掃時間。

一些私立學校會請專門的清潔業者打掃，但東高沒有這種做法。除了自己班的教室，體育館及各種特別教室等都由學生輪流打掃。

翔香這週似乎負責打掃英文教師的辦公室。說「似乎」，是她沒有星期一的記憶。

「翔香，可不要翹掉打掃工作喔。」

直到優子這麼提醒她，翔香才得知此事。

「啊，抱歉。」

翔香道歉後，趕往英文教師辦公室。

一般來說，教師辦公室用來放資料兼當休息室，房間不大。不過英文教師辦公室附有研究室，理科教師辦公室則附設實驗室，所以打掃起來範圍不小。這次打掃的學生除了翔香和優子，還有良雄等四個男生。

優子和翔香把寬敞的研究室交給男生，她們兩人打掃起教師辦公室。

東高有六位英文老師，所以辦公室有六張桌子。每張桌上都堆滿參考書和講義，只有一張桌子相對整潔，就是中田的桌子。也許因爲他休假，所以東西比較少。

「昨天才打掃過，今天就變成這樣，眞希望他們多爲我們著想一下。」

優子不滿地抱怨。

「……是啊。」

「不過抱怨這些也沒用……我們開工吧。」

「……是啊。」

翔香有些心不在焉。

此刻的翔香百般不情願，但還是勉強接受「今天是星期二」。畢竟事實擺在眼前，她不管問誰，每個人都說今天是星期二。更重要的是，她在圖書館查了今天的報紙，上面的日期確實是星期二。

今天是星期二已經毫無疑問。問題在於翔香爲何不記得昨天。

昨天到底發生了什麼事？自己昨天又做了什麼？翔香毫無答案，這使她心生不安，同時害怕。但要問她對此打算怎麼辦，翔香也沒有進一步的想法。

翔香踏上歸程，時間已經接近五點。

冬日將近的這個時期，太陽早已下山，徒留染紅西邊天空的酡紅餘暉。

翔香穿過商店街，走在河堤上，感受到拂過河面的寒涼夜風，提醒人差不多該換冬裝了。

翔香停下腳步，深深吸入冷風。

「算了。」

她的低語隨著吐出的氣消散在空中。

雖然整件事依舊令人不舒服，不過只是少一天的記憶，想來也不會有什麼影響。頂多就是和優子她們說話時，有話題對不上的問題，或是昨天上的課都沒進腦袋瓜裡，這種程度的困擾而已。

若是煩惱能解決就罷了，既然情況並非如此，再想下去只是徒增煩惱。

這麼一想，翔香心情輕鬆了一些。

6

回家之後，翔香吃了晚餐，看了想看的電視節目，接著回到自己的房間。她必須要預習明天的課程。

雖然她並不是特別喜歡讀書，不過起碼她到國中都還算資優生。而且不好好預習，就會像今天地科課那樣陷入窘境。

「對了，得借昨天的筆記……」

翔香審視著星期一的課表，嘆了口氣。現代國文之類的課程，就算缺了一小時也還勉強可以，但數學等理科科目就不行了。

「不過……」

翔香歪了歪頭。如果照優子所說，她昨天也有到學校的話……

翔香打開活頁筆記本。雖然沒有數學和英文讀解的筆記，但現代國文和生物等星期一的課程都記在筆記本上。

翔香讀了上面的內容，仍舊沒有浮現任何記憶。儘管筆記本上確實是自己的筆跡，但翔香毫無寫下筆記或上課的記憶。

「……」

事到如今，翔香竟感到了一絲毛骨悚然的寒意。

人可能這麼乾淨地失去前一天的記憶嗎？即使一時忘卻，只要有契機，應該還是能勾起記憶才對。即便無法完全回想起來，也應該有些許印象。

然而翔香現在見到自己的筆跡，卻毫無感覺，只覺得像在看別人的筆記。

簡直就像有另一個自己渡過了昨天一樣……

這個想法讓翔香不禁全身一顫。

雙重人格。

如果真的是這樣，該怎麼辦？

如果自己的身體被另一個自己操控了……

雖然決定不在意，但一度浮現腦海的妄想，遲遲揮之不去。

自己說不定該找人商量才對。

「對了，日記……」

翔香靈光一閃。

翔香有寫日記的習慣。雖然不是每天都寫，但有印象深刻的事情，或有什麼想法的時候，總會記在上頭。

說不定昨天的自己有留下什麼文字。

翔香把筆筒倒過來，拿出裡面的鑰匙。這是她書桌最底層抽屜的鑰匙，她將不想被人發現的東西都收在抽屜。

翔香打開抽屜。

抽屜裡裝著各式各樣的東西，不論是小學時和隔壁班男生的交換日記、國中時與筆友魚雁往返的信件、偶像的簽名板，全都收在這裡面。

理應也收在抽屜的信箋套組不見蹤影，讓翔香不禁歪頭納悶。那款信箋上面有文雅的圖案，翔香非常中意。她記得抽屜內應該還有六份。

「這種事可以晚點再說啦。」

對自己容易分心的習慣自嘲一下，翔香從一疊信件底下拿出日記。

那是一本皮革封面的日記本，裝訂非常精美，翔香記得價格也不太便宜。當時翔香想著這是用來記錄自己心情的日記，雖然對錢包不太親切，還是掏錢買下。

日記第一頁是高中放榜時的紀錄。翔香隨手翻了翻日記，日記現在還只寫了半本左右。按照這個速度，高中三年光靠這一本日記就能解決。

這些姑且不論，翔香找到了有寫字的最後一頁。

頁面上寫著昨天的日期。

筆跡也是翔香的筆跡。

上面這麼寫著：

「妳現在一定很困惑。我現在還不能告訴妳，妳身上發生了什麼事，也不能告訴妳接下來會發生什麼事。不過我能告訴妳，妳並沒有失去記憶，也沒有精神錯亂，所以不要擔心。不過不要告訴別人這件事，妳唯一可以商量的人是若松同學。去找若松同學商量吧。最初妳會覺得他很冷漠，不過他是個值得依靠的人。」

翔香忘了呼吸，一遍又一遍地讀著這段文字。

第2章　星期三到星期四

1

星期三的早晨。

翔香走向學校的步伐顯得有些急促。原因不是她快要遲到，而是心情急躁。

她要逼問若松和彥。

翔香如此下定了決心。

那則日記——不，也許該說是「信」比較貼切。「信」的謎團沉甸甸地壓在翔香的心頭上。不僅僅是內容，就連那封「信」的存在也是。

在翔香的日記本中，用翔香筆跡寫下的「信」……還是寫給翔香的「信」。

翔香發誓，自己絕對沒有寫下那些文字。她毫無印象。

然而，「信」確實存在，而且寫下「信」的「翔香」還知道她沒有星期一的記憶。

這顯然不是失憶之類的狀況，但會是什麼呢？到底發生了什麼事？

只有一個人掌握著關鍵，那就是若松和彥。這個人擅自跑到別人夢裡，同時是「信」中指定的商量對象。

和彥到底知道些什麼呢？

2

翔香的決心堅定，卻未能立即付諸行動。

和彥今天也來上學。他就在同一間教室裡的咫尺之間，翔香隨時都有機會找他說話。不過因爲談話內容特殊，她不敢在可能被人聽見的地方說。

翔香打定主意，只要和彥到人比較少的地方，就趁機找他說話，卻苦無合適機會。

「妳這麼在意若松嗎？」

優子出言調侃。她發現翔香一直盯著和彥，似乎誤會了什麼。

「才不是那樣啦。」

翔香氣噗噗地否認。

「眞的嗎？」

優子毫不買單。

和彥一如往常，上課時間專心聽課，下課時間也十分安靜。

這個人該不會沒有朋友吧？這個想法突然在翔香腦中浮現。

翔香一直沒找到機會搭話，時間不知不覺流逝，來到了午休時間。

像往常一樣，翔香和優子、幹代、知佐子一起吃午餐。她們把四張空桌拼在一起，當作餐桌。翔香她們的午餐時間通常很長，聊天遠比吃飯多，不過今天翔香想快點吃完。她不知道和彥午休會做什麼，說不定他會到適合搭話的場所，翔香不想錯過機會。

翔香注意著在窗邊座位上默默吃飯的和彥，迅速扒便當。雖然擔心被優子她們看出異樣，但今天三人都難得地專注吃飯。

「我吃完了。」

幹代最先吃完。她仰頭喝乾塑膠杯中的綠茶。在東高，學校茶水間會在午餐時配送裝著熱茶的茶壺到各個班級。

幹代收拾好便當盒，站起來對翔香說：

「那我就出發囉。」

「妳有什麼事情要辦嗎？」

翔香注意和彥動向，一邊抬頭看向幹代。

「什麼事情……」

幹代眨了眨眼。

「眞是的，幹代，妳忘了嗎？」

優子面露微笑，同時略帶譴責地看著幹代。

「啊，對喔，我都忘了。」

幹代的圓臉上浮現近似苦笑的笑容，吐了吐舌頭。

「？」翔香大惑不解。

「有點小事要辦而已。」

幹代留下這句話給歪頭不解的翔香，就離開了教室。

「小事？是什麼事？」

幹代別有深意的態度讓翔香很在意，於是詢問優子。

「這個嘛，誰知道呢？」

優子含糊回答，並和知佐子交換一個眼神。

「到底是什麼事？只有我不知道嗎？」

聽到翔香這麼說，優子和知佐子相視後又笑了起來。

「？」

「好啦，」優子收拾便當盒，站了起來。「我也該動身了。」

「我也是。翔香，要記得把桌子還原喔。」

知佐子也站了起來。

「妳們兩個也有事要走？到底什麼事啊？」

優子和知佐子第三次對望，然後同時回頭對翔香說：

「有點小事。」

「眞是的，到底怎麼一回事啊？」

被獨自留下的翔香生著悶氣。不過她沒時間多想，因爲和彥從座位上站起來了，手裡還拿著一本精裝書。

「糟了。」

翔香趕緊收拾便當盒，把桌子還原。

出了教室的和彥步伐一派悠閒地走在走廊上。

翔香一路躲在遮蔽物之後尾隨著和彥。其實翔香大可不用搞得像偵探一樣，她卻情不自禁地想躲起來。想來是她下意識地想避人耳目。

和彥轉過轉角。

翔香小跑步追上，跟著在走廊上轉彎時，卻撞上了什麼。

「哇！」

發出叫聲的是英文老師中田輝雄。他昨天感冒請假，現在看來康復了。突然撞上來的翔香似乎讓他嚇了一跳，中田手裡一疊講義都散落在地上。

「啊，對不起，是我不小心。」

翔香趕緊蹲下來，收拾走廊上散落的講義。

「不，沒事，我自己來。」

「不，我來吧。」

翔香搖頭堅持，迅速撿起講義。

「好了，就是這些。眞是很對不起。」

翔香遞出講義。

「謝謝。」

中田簡短地道謝。語調一如往常地有些裝腔作勢。只是今天的中田鼻頭有點紅，可能是鼻子擤得太用力，配上端正的臉龐，顯得格外滑稽。翔香忍笑詢問：

「老師，你身體已經好了嗎？」

「……什麼？」

中田露出疑惑的表情。

「因爲老師的鼻子還紅通通的。」

「……」

中田皺起眉頭，不由自主地伸手捂住鼻子，顯然自己也很在意。翔香忍不住笑了。

中田乾咳了一聲，盯著翔香：

「是說妳剛才這麼急，是要到哪裡？」

「圖書館吧……大概。」

翔香回答。根據和彥拿著書的樣子和他離開的方向，他應該是前往圖書館。

「大概……？」

中田苦笑了一下，應該是覺得這個說法很奇怪。隨後他看了看手錶。

「到圖書館讀書是沒什麼不好，但上課不要遲到喔。」

「好的。」

翔香行禮，離開了中田。

3

東高擁有的是圖書館，而不是圖書室。圖書館本身是一座獨棟建築，由校友捐贈，約十年前建造。圖書館採用紅磚建築，相當雅致，深受學生好評。開館時間是從上午八點到下午五點半。因爲三年級有選修課程，有空堂時間的三年級學生也會來這裡，因此圖書館即使在上課時間也開放使用。

前往圖書館的正式路線，是從第二棟校舍穿過第一體育館，再沿著走廊過去。不過這樣會繞一大圈，所以翔香決定走捷徑，直接穿過中庭。雖然按照規定，學生不能穿著室內鞋穿越中庭。不過中庭都鋪著草皮，不會弄髒鞋子，所以即使被發現了，也幾乎不會被罵。

應該不論哪邊學校都一樣，圖書館內一片寧靜。偶爾傳入耳中的談話聲都近似耳語。一進圖書館，門口就是借書櫃檯。櫃檯前半邊是長桌，後半邊是排列整齊的書架。

翔香稍微環視了一下圖書館。

館內約二十名學生，有人坐在桌前看書或做筆記，有人在櫃檯辦理借還書籍的手續，然而和彥的身影不在其中。

說不定在書架那邊……

翔香在林立的書架間搜索。

果然找到了。

和彥站在圖書館深處的自然科學類書籍書架前。他左手攤開一本厚重的精裝書，右手翻動書頁。那不是他離開教室時帶的書，想來已經拿去還了。

翔香深呼吸，走向和彥。

「那個……若松同學……」

翔香隔著約一公尺的距離開口。

和彥抬起頭，透過銀邊眼鏡，用那雙細長的鳳眼看向翔香。

「找我有什麼事嗎？」

除了有些疑惑，和彥看起來和平常無異，一如往常地完美詮釋冷靜沉著。

「呃……我有些事想問你……」

「什麼事？」

「那個……」

翔香有些難以啓齒。

「有話快說。」

遭到和彥催促，翔香下定了決心。

「前天我到過你家嗎？」

「妳說什麼？」

和彥轉身面向翔香，啪的一聲闔上了書。書的封面上寫著《最新宇宙構造論》。

「我是說，前天我到過你家嗎？」

翔香再次重覆問題。

「……沒有。」

和彥輕輕皺起眉頭回答，臉上寫滿了「這女的是沒睡醒嗎？」——至少在翔香眼中是這樣。

「眞的嗎？」

「我騙妳幹什麼——說起來，妳到底有沒有來過，妳自己應該最清楚吧。」

「就是因爲我不知道，才會來問你啊。」

「啥？」

和彥皺起了眉頭。

「我也不知道爲什麼，但是……」翔香壓低聲音。「我完全不記得星期一的事。」

「喂喂喂……」

和彥笑了，他似乎以爲翔香在開玩笑。

「我是說眞的，我眞的完全不記得。我沒有星期一整整一天的記憶，我才會來問你，看你是不是知道些什麼……」

「等一下，」和彥打斷了她。「妳不記得的話，爲什麼來找我問問題？」

「什麼？」

「如果妳什麼都不記得了，又怎麼蹦出『來過我家』的這個想法？」

被他這麼一說，確實如此。

「因爲……」

翔香原本想提夢裡的事情，但是打住了。因爲夢境的內容實在難以對人說出口。

「日記……上面是這麼寫的。」

「日記？」和彥的表情顯得更加困惑。「誰的日記？」

「我的。」

和彥臉上的疑惑加深。

「……上面寫什麼？」

「上面說找你商量。」

「商量什麼？」

「就是因爲我不知道，所以才來問你啊。」

和彥顯得一陣無奈，他深深吸了一口氣。

「妳連要找我商量什麼都不知道，就來問我？」

「我想大概是星期一的事情吧……」

「我就說了，前天妳沒、來、過我家。」和彥一字一頓地說，語氣充滿不耐。「說到底，妳根本不知道我家在哪裡，對吧？」

「是這樣沒錯……」

翔香只能點頭。

和彥無奈地搖了搖頭，重新打開書本。

「如果妳要說的就是這些，請打道回府吧。我沒空陪妳閒扯。」

「可是……」

「喂，鹿島，」和彥看著翔香。「如果妳眞的想找我談，我也可以奉陪。但妳連要商量什麼都不知道，我也幫不了妳。連夢的內容也不知道的話，自然無從解夢。」

聽到和彥提及「夢」這個詞，讓翔香不禁一驚。

「……那是什麼意思？」

和彥淡然回答：

「《舊約聖經》中有這樣一個故事：有一位令人傷腦筋的國王，他忘了夢境的內容，卻要求別人替他解夢。如果妳有興趣，可以去查查看。」

和彥用右手大拇指比了比書架，又繼續埋首書中。言外之意顯然是這個話題就到此爲止。

「……」

翔香咬著嘴唇，知道自己的話讓人摸不著頭腦。不過她眞的毫無頭緒，她也無可奈何。而且正是手足無措，翔香才找他商量，和彥的態度未免太冷漠。

這就是所謂「值得依靠的人」嗎？

翔香朝和彥的側臉瞪了一眼，憤然轉身離開。

冷血動物、愛裝模作樣、書呆子、沒血沒淚——翔香一邊在心中用盡想到的詞彙罵和彥，一邊出了圖書館。

竟然說要倚賴那樣的男生，寫下那篇日記的「翔香」根本亂說話。

翔香一如來時，直接穿過中庭，走往校舍。

不過現在又該怎麼辦呢？

她可以這麼安慰自己，少了一整天的記憶也不會有大問題。實際上她的確這麼想過。只是翔香非解開日記的謎團不可，不然感覺太詭異。

「喂，鹿島。」

翔香聽到有人叫她，是和彥的聲音。他似乎從圖書館追過來，可能有點後悔吧。

翔香停在草地上，轉身盯向和彥。

「有何貴幹？」

聽到她不悅的反問，和彥苦笑。

「搞不清楚什麼狀況，讓我很在意。麻煩妳再說得更明白易懂一點……」

正這麼說著，和彥的表情突然變了。

「小心！」

聽到他這麼說，翔香反射性地抬頭往上看。不知道是聲音、風壓，還是第六感，讓她下意識察覺危險來自上方。

只見一道黑影——有什麼正朝翔香頭上落下來。可能是腎上腺素分泌的影響，她感覺時間變慢了。

快逃啊！她這麼想，身體動不了。

要被砸中了！

翔香閉上眼睛，身體感到強烈衝擊。

4

「啊！」

翔香猛地跳起。

她全身冒著冷汗，心臟怦怦直跳。她按著胸口，難以置信地環視四周。

淺綠色的床、地毯，還有……

她低頭看著自己的身體，穿著睡衣。翔香正穿著睡衣，躺在床上。

難道……又是夢？

「不會吧……」

翔香喃喃自語，發現自己的聲音沙啞。

她看一眼桌上的時鐘，上面顯示著七點半……還是早上的七點半。

翔香實在不覺得剛才的一切是一場夢。這麼說，翔香是失去意識了嗎？她被從上面掉下來的東西砸中，然後……

翔香下床，從頭摸到肩膀，再從肩膀摸到背，對自己東拍西打，但毫無受傷跡象。

「果然是夢嗎？」

翔香喃喃說道，隨即搖搖頭。即便沒有受傷，也不能排除她昏倒的可能性。

「最好確認一下。」

翔香穿著睡衣走下樓。

「早安，翔香。」

「哦，今天挺早嘛。」

若子站在廚房流理台前，英介在桌邊看報紙，正是一如平常的早晨情景。

「早安，爸爸，媽媽……可以借我看一下嗎？」

翔香繞到英介身後，看向報紙。

「高速公路七車連環撞」、「婦女接連遇襲」、「政界再次重組」……報紙的標題映入翔香眼中，不過她想知道的不是這些報導，而是今天的日期。

今天是星期四。

「……」

那些果然不是夢。這麼一來，自己昏倒了嗎？昏倒後被送回家了？

不過，如果是這樣……

「怎麼了，翔香？有什麼讓妳在意的新聞嗎？」

如果是這樣，若子和英介的反應也太普通了。

要是獨生女昏倒被送回家，即便平安清醒，父母應該會問她「身體沒事吧？」或是「有哪裡不舒服嗎？」之類的問題。

「翔香？」

見翔香不回話，英介轉身看她。

「不、沒事……對了，媽媽。」

「什麼事？」

「昨天……我……是什麼時候回來的？」

「妳在說什麼呀？」

若子笑了。

「拜託，告訴我……」

「和往常一樣，大約五點半吧。」

「那麼……」翔香深吸了一口氣。「我是……好好地自己一個人回來嗎？」

「翔香？」

若子和英介露出奇怪的表情看著她。

「回答我。」

若子露出擔心的神情回答：

「是呀，妳自己一個人走回來的……怎麼了嗎？」

「果然……是這樣……」

翔香雙手按著額頭。

這是第二次了……事情又發生了。另一個「翔香」又出現，擅自控制這具身體。

「翔香？怎麼了？妳的臉色好蒼白。」

這種事情今後還會繼續發生嗎？這是會一再發生的現象嗎？要是這種現象一再發生，這具身體會不會最終就被另一個「翔香」占據？

「喂，翔香？翔香！」

英介站了起來。

翔香緊緊抱住自己，身體不住顫抖。

5

翔香窩在床上。

「我來照顧她，你去上班吧。」

若子的聲音隱約從樓下傳來。

「那怎麼行？」

「你今天不是有重要的生意要談嗎？」

「生意能跟我的寶貝女兒比嗎？她一定遇到什麼事了，畢竟最近不太平靜……報紙上也有報導，她該不會被非禮了吧？」

英介的擔憂方向錯誤，不過聽到父親篤定地說出不會爲工作犧牲女兒，讓翔香既高興又自豪。

「別鑽牛角尖，把事情想得那麼糟。」

「可是——」

「總之，女兒的事情就交給媽媽吧。也許有些煩惱不能說給爸爸聽呢。」

英介被若子說服，不情不願上班了。

對不起，讓你們擔心了。翔香在心中向兩人道歉。

可是自己爲什麼變成這樣呢？爲什麼要遭遇這種事情？難道翔香做錯了什麼嗎？雙重人格，失去自我。這個問題太可怕，翔香難以獨自承受。

她是否該告訴若子和英介？不，要是父母知道自己的獨生女腦袋有問題，不知多麼難過。想到這裡，她就難以開口。

「妳唯一可以商量的人是若松同學。」

翔香突然想起了這句話。

爲什麼另一個「翔香」寫下那樣的留言呢？從文字來看，另一個「翔香」對自己似乎沒有敵意，反而親切建議她。說不定另一個「翔香」也希望能恢復正常。

不過爲什麼是和彥呢？和彥能幫上什麼呢？他又知道什麼？和彥與這個現象有關嗎？假使如此，和彥的態度就讓人摸不著頭腦。別說知情與否，他根本是一張白紙。當時和彥錯愕的反應，怎麼看都不像演的。

而且就算說找他商量，那個冷血動物還不是毫不留情地趕她走。雖然他後來馬上追上來就是了。

「啊！」

翔香猛地坐起身。

昨天的和彥或許什麼都不知道，但今天的和彥不一樣。

第二次的「失憶」發生在昨天午休的那一刻，而和彥當時就在現場。

這次不是靠夢或日記這種模糊的依據，翔香確定和彥一定知道些什麼。昨天那一瞬間到底發生了什麼事，發生在翔香身上的現象到底是什麼，問和彥就能夠揭曉。

她必須再見和彥一次，然後問出事情眞相。

翔香脫下睡衣，換上了制服。

6

「今天還是休息吧。」

「沒事啦，我有點貧血，別擔心。」

翔香不顧若子的勸阻，去了學校。

翔香走進教室的時候，大家在上生物課。照課表來看是星期四的第二節課。

「對不起，我身體不太舒服，所以遲到了。」

翔香低頭道歉。生物老師羽村誠太郎點了點頭，體貼回應：

「不要太勉強喔。」

看來在旁人眼中，翔香的臉色確實不太好。

在座位坐下後，翔香拿出文具和課本，然後偷偷看向和彥。

他們四目相交。和彥也在打量翔香。

和彥果然看到了什麼……

翔香確信了這一點。

「好，繼續上課吧。」

羽村等翔香坐下後，重新拿起課本，和彥也轉身面向黑板。

第二節課結束了，第三節課是體育課。由於需要移動和更衣，五分鐘的下課時間顯得格外匆忙。

「今天也是在場邊看嗎？」

優子問道。

「嗯……」

翔香心不在焉地應聲，然後站了起來。和昨天不同，現在的翔香不論是時間，還是精神，都沒有等待時機的餘裕。她打算在和彥離開教室前，問出昨天的事情。

然而，和彥先來到了翔香面前。

「嗨，鹿島。妳是從什麼時候來的？」

「……第二節課途中。你明明有看到。」

和彥挑起一邊眉毛，然後苦笑了一下。

「原來如此……原來是這種回答啊。」

「這些不重要，若松同學，我有件事一定要問你。」

「還不行，鹿島。」和彥搖了搖頭。「等第五節課結束再說。」

「第五節課？」

翔香疑惑地歪頭。如果想表達現在沒空，晚點再說，這個答覆有點奇妙。爲什麼是等到第五節課結束，不是午休或放學後呢？

「第五節課有什麼特別嗎？」

「有數學課。」

「那又怎樣？」

和彥揚起一抹難以言喻的笑容。

「眞是讓人佩服耶，鹿島。要是演戲的話，妳簡直能拿奧斯卡獎。」

「？」

「總之，一切等到時再說。」

和彥說完，就從翔香身邊走開了。

7

翔香留在旁邊觀看大家上體育課。她實際上身體並無不適，所以可以說在偷懶。只是這種精神狀態，她實在沒心情運動。

從和彥的那番話和態度來看，他確實知道些什麼。可是到底是什麼呢？第五節課究竟會發生什麼事？「演技」又是什麼？

這些問題在翔香的腦海中揮之不去，以至於她午餐食不下嚥。

「還好吧，翔香？妳這陣子身體是不是不太好？」

優子等人露出擔心的表情。

「還好，沒事啦。」

翔香不得不努力擠出笑容。

翔香殷殷期盼第五節課到來。這還是她頭一次如此期待數學課。時鐘的指針緩慢確實地前進，期待已久的第五節課終於到來。

翔香這班的數學老師是海野久子。她今年五十一歲，是東高最年長的教師之一。她的身材非常嬌小，身高甚至比窗台還矮，因此即使走在走廊上，教室內也看不見。所以有一部分的學生管她叫「潛水艇」，不過大家一般都叫她「婆婆」。

海野走進教室，雙手抱著一疊考卷。

「現在要發之前的考卷。」

她一開口，翔香就疑惑地歪頭。

「之前」是什麼時候？

經歷兩次「失憶」，翔香的體感時間已經不太可靠。

「阿野，六十七分。飯田，五十二分。」

開始發還考卷的海野一如往常地發考卷，念出分數。數學好的學生當然沒差，但對於翔香這樣的學生來說，海野的這種做法就顯得有些討人厭。

這次的考試似乎很難，全班整體分數都不高，平均約七十分左右。

座號是按照五十音順排序，所以「若松和彥」在男生中是最後一個叫到的名字。

「若松，九十七分。」

教室裡響起微弱的驚嘆聲。

「……謝謝。」

和彥接過了考卷，看起來並未特別高興。

「一如往常地出色呢，若松。」

海野會這麼說，是因爲在數學成績上，班上沒人能與和彥匹敵。在翔香的印象中，和彥的數學分數從未低於九十分。

不過今天的海野饒富興味地補了一句：

「但這次有人考得比你高。」

教室中一片譁然。男生的考卷到和彥就發完了。這位立下殊榮的人必定是女生。

不過和彥只是輕輕點頭，就回到座位上。他還是老樣子，讓人看不出情緒起伏。

「伊藤，五十七分。大畑，七十分……」

海野繼續念分數，然後喊出下一個名字。

「鹿島。」

「有。」

翔香起身領考卷，海野滿面笑容。

「做得很好喔。在我教的三個班裡面，只有妳一個人考滿分。」

喔喔喔……教室內響起比和彥那時更多的驚嘆。

不可能吧，翔香不禁懷疑起自己的聽力。打從科目名從算術變成數學後，她就很少考到平均分數，更不用說滿分。

然而她手上的考卷上，確實用紅筆寫著一百分，姓名欄上也寫著鹿島翔香。

翔香回到座位，仔細查看考卷。名字是她的筆跡，整面的公式也是她的筆跡，但翔香完全不記得自己寫過這份考卷。

「喂，優子，」翔香戳了戳坐在前面的優子。「這份考卷什麼時候考的？」

「星期一呀。」

果不其然。

翔香不記得也是理所當然。這是在翔香不是自己的時候考的考卷。

即便如此，另一個「翔香」似乎很厲害。要是翔香自己來考，恐怕太陽打西邊出來，她也考不出這樣的分數。

「不過妳眞的很厲害耶，翔香。」

優子率直地感嘆。

「……運氣好啦。」

翔香只能先這麼說。

「不過妳竟然在數學考滿分，明天是不是有颱風要來啊？妳看，若松也很吃驚喔。」

如同優子所說，和彥正盤著雙臂，盯著翔香看。

和彥的確很吃驚，但翔香知道他的驚訝，並非優子所說的那種單純驚訝。和彥說過「等第五節課結束後再說」，可見他一定已經預知了這件事。

不對……如果和彥已經預知這件事，他應該就不會驚訝。也許他得到了某種預言或暗示，才會因爲預言成眞而驚訝。

「好了，現在我們來對答案。請大家拿出題目卷。」

海野宣布。

8

第五節課結束，和彥站起來，走向翔香。

「是妳贏了。」

儘管和彥這麼說，不過翔香並非靠自己的實力考到滿分，不禁有些心虛。

「……分數根本不重要啦。」

「妳在說什麼呀，翔香。」

優子笑了起來。她可能又誤會了什麼。

「原來如此……妳是這樣解讀嗎。的確，根據昨天妳的話，確實會變這個樣子。」

「昨天的……『我』？」

這句話讓翔香腦中鈴聲大作。

和彥果然知道，他知道另一個「翔香」的存在。

「若松同學，拜託你告訴我，昨天午休時到底——」

翔香急切地問到一半，就被和彥伸出右手示意停下。

「等一下，鹿島，別急。」

「爲什麼啦？你不是說等第五節課結束就告訴我嗎？」

「我是這麼說過，不過那是指我要等第五節課結束，才能決定我的答覆。第六節課馬上就要開始了，我們放學再說吧。」

「可是……」

「而且把妳告訴我的話，再原封不動地告訴妳，也太愚蠢了，根本是浪費——」和彥講到這裡，露出一絲微笑。「一如字面意義的浪費時間。根據妳告訴我的事情，我想今天放學後的妳應該就能理解我的話。」

「等一下，你說的『我』指不是我的『我』吧？麻煩你直接對我說明，不然我都快瘋掉了。」

「都是一樣的，鹿島。妳和妳說的不是妳的『妳』，都是妳自己。」

「……什麼？」

這句話是什麼意思？就算以共用同一個身體的意思來說，這個說法有點說不通。

翔香不解地歪頭，優子更滿頭霧水。

「我說……你們到底在說什麼？」

「文字遊戲而已。」

和彥輕輕帶過，再次看向翔香。「不管怎樣，鹿島，我會遵守承諾，奉陪到底。等到放學吧，一切等到時候再談。」

和彥說完，就回到了自己的座位上。

「我說……翔香，到底怎麼一回事？」

優子這麼一問，翔香只能搖頭。她自己也搞不清楚現況。

唯一確定，和彥不僅知道發生在翔香身上的事情，還相當了解情況。

「放學後……嗎……」

雖然要等有點久，不過挨到放學後，一切就會眞相大白吧。

「不過眞是太好了。」

優子輕輕撞了一下翔香的肩膀。

「嗯？什麼？」

「當然是妳和若松在一起的事情呀，妳應該很開心吧？」

翔香這才意識到優子誤會了。和彥說的「奉陪到底」，並不是和翔香交往的意思。

「我才不開心呢。」

「還在嘴硬呀。」優子笑了笑，然後壓低聲音說：「下次教我怎麼做吧。」

「？」

「因爲效果很顯著嘛。」

「？」

另一個「翔香」到底在哪些地方，做過哪些事情？託她的福，翔香不明白的事情變得愈來愈多。

翔香發自內心希望這件事早日解決。

9

第六節課結束了。

翔香迎來班會時間，接著是打掃。

今天翔香記得要到英文教師辦公室和研究室打掃。

研究室由男生負責，翔香和優子兩人則開始打掃辦公室。

「哦，很認眞嘛。」

英文教師之一的魚住俊一走進辦公室。他年僅三十四歲，但在東高已經工作近十年，是這裡的資深教師之一。

「同學，不好意思，」魚住對翔香招手。「妳可以幫我把這些垃圾倒掉嗎？」

魚住舉起塞滿了廢紙的塑膠垃圾桶。

「好的，明白了。」

翔香接過垃圾桶，走出辦公室。

校內的所有垃圾都是送到校舍後面。可燃垃圾會丟進那裡的焚化爐，危險物品等則是堆放在專用的垃圾箱中。

翔香舉著垃圾桶，輕快跑下樓梯。就在她站在樓梯轉角平台上，準備往下走的時候，她腳底一滑。

「啊！」

最近她老是跟樓梯過不去。翔香的心中閃過這個念頭，同時狠狠摔下了樓梯。

第3章　再次來臨的星期三

1

「哎唷！」

翔香背部重重摔在地上，發出了慘叫。

「妳還好吧？」

一道關切的聲音從身旁傳來，是和彥。

翔香睜開眼睛，驚訝地發現和彥的臉近在咫尺，他幾乎趴在她身上。

「若、若松同學？」

翔香頓時滿臉通紅，同時在腦中冒出小小的疑問：爲什麼和彥在這裡？

「妳有受傷嗎？」

和彥起身後，再次詢問。

「嗯……我沒事……」

雖然翔香的屁股有點疼，不過還算不上受傷。

「站起來看看吧。」

翔香抓住和彥伸出的右手，站了起來。

「妳有撞到肩膀或腰嗎？」

「沒事……你意外挺愛操心耶？」

翔香嘴巴上這麼回答，但還是四處摸了摸身體，確認沒有問題。雖然沒有地方受傷，但翔香摸到某種乾燥粗糙的東西，原來是沾到衣服上的枯葉。她下意識地拍掉枯葉，手卻突然頓住。

枯葉？

「底下雖然是草皮，但我剛剛可是用盡全力把妳推開。」和彥微微苦笑。

草皮？

翔香連忙環顧四周。

她既不在樓梯上，也不在校舍中。她在中庭的草坪上。

這是……怎麼一回事？

「不過——」

和彥的視線落在稍遠處的草坪上，輕輕地嘖了一聲。

翔香順著和彥的視線，發現草坪上的陶製花盆。花盆已經裂成兩半，裡面的植物和泥土散落一地。

和彥抬頭望向上方，大聲喝斥：

「喂，一年級的！小心一點！差一點就出人命了！」

被和彥的聲音嚇到，一年級生們紛紛從二樓窗戶探出頭來。位在碎掉花盆正上方的是一年二班的教室。

「那不是我們班的。」

一位一年級的男同學拚命主張自己班的清白。

「眞的嗎？」

「因爲啊，」那位一年級的男同學把頭縮回去，過一會再探出頭。「我們班的十個花盆都在。花盆應該從更上層掉的吧？」

今年十月新上任的學生會長是二年六班的石田健兒，他上任後，在新學生會推行的第一項政策就是校內綠化運動。根據這項政策，每個教室都被分配了十盆花。因此那名男同學就是根據這一點，主張既然一年二班的花盆都在，花盆便不是從他們班落下的。

不過和彥和一年級生的對話，幾乎都被翔香當成耳邊風。

她盯著破掉的花盆，無法移開視線。

自己不是從樓梯上摔下來嗎？爲什麼現在會在中庭？

中庭……從上面掉下來的花盆……

「喂……若松同學……」

她的聲音顫抖。不，不只是聲音，翔香整個身體都微微發抖。

「怎麼了，鹿島？」和彥的視線回到翔香身上，然後輕笑一聲。「別知道自己沒事才發抖啊。」

「不是……不是這樣……不是這樣的……」

翔香不停搖頭。

「？不然是怎樣？」

「今天——今天是星期幾？」

和彥輕輕皺起眉頭。

「今天是星期三啊。」

「星期三的……午休……對吧？」

「是啊。」

和彥帶著一臉「這還用說」的表情，點頭回應。

時間……倒退了……？

翔香從星期四的打掃時間，回到了星期三的午休。

「鹿島，妳怎麼了？妳一臉蒼白？」

「我……我好怕……」

翔香不停發抖。她用雙手緊緊抱住自己的身體，然而即使如此，她也無法止住顫抖。

2

「到底發生了什麼事？」

一踏進保健室，保健老師西田昌代便這麼問。

西田今年二十七歲，是一位身材嬌小的女性。她有著可愛的臉蛋和爽朗的性格，學生不論男女都很喜歡她。

「走在中庭的時候，一個花盆從上面掉下來，差點就砸到她的頭。」

和彥出面說明。

「也太危險了……」西田皺了皺眉。「那她沒受傷吧？」

「幸好沒事。不過如同老師妳所見，她嚇得不輕。」

和彥苦笑著看身旁的翔香。翔香從剛才就一直緊緊抓著和彥的左手。

「能讓她在這裡休息一會嗎？」

「那我開點藥吧。雖然會有點嗜睡，但應該能鎮定下來……不好意思，能幫我裝一杯水嗎？」

「明白了。鹿島，妳差不多該放手了吧？」

和彥扶著翔香坐到床上，然後從保健室角落的水龍頭裝了一杯水回來。

「來，吞下這個。不要咬，直接吞下去。」

西田把兩顆粉紅色的藥丸放在翔香的掌心。和彥把塑膠水杯塞進她的另一隻手。

翔香按照指示吞下了藥丸，但身體的顫抖遲遲沒有改善。

時空旅行。

翔香常在電影或小說看到這個詞彙。她在這類題材的電影中也有特別喜愛的作品，經常放錄影帶一再回味。翔香想過，若是擁有穿梭於過去與未來之間的能力，想必相當有趣。她還考慮過如果自己有這樣的能力，要如何運用。

然而，一旦事情眞的發生在身上，她根本笑不出來，心中剩滿滿的恐懼。脫離了正常的時間流動，令她害怕。自己接下來會變成什麼樣，又會前往「何時」，這些難以預料的事情都在在令她畏懼。儘管翔香這次只是回到不到三十小時以前的時間，不過如果是回溯三十年，甚至三百年呢？

翔香雙手捧著杯子，依舊渾身發抖。

鐘聲響了，距離下午的課只剩五分鐘。

和彥的視線從翔香轉向西田。

「那麼接下來就麻煩老師了。」

「不行！」翔香揪住和彥的制服，阻止他回教室。「別把我獨自留下來！拜託！」

「鹿島？」和彥一瞬間顯得有些困惑，但隨即用安撫小孩的口吻說道：「沒事的，現在已經沒什麼好怕的了。冷靜下來，好嗎？」

「不對……不是這樣……」翔香激烈地搖頭。「拜託，請你留在這裡。」

「不要無理取鬧了，馬上就要上課了。」

和彥試圖從翔香的手中奪回被抓住的制服下襬。

「老師？」

「喂，」西田輕輕敲了一下和彥的頭。「你這個男生，別說這麼無情的話。」

「沒錯，學業確實是學生的本分，但拋下依賴你的女孩子可不是大丈夫所為。」

「不，可是——」

和彥試圖反駁，卻被西田瞪了一眼，只能嘆一口氣。

「……我明白了。我會在這裡陪她一會。」

「這就對了。」西田滿意地點了點頭。「對了，你們是……鹿島同學和……？」

「我叫若松，若松和彥。」

「你們哪一班的？」

「二年二班。」

「兩人都是？」

「是的。」

「那好吧，我現在向老師說明，保證你們不是翹課。」

「不用了，老師不用特意這麼做⋯⋯」

「別客氣。」西田粲然一笑，又補一句：「我可是給你們機會喔，好好把握。」

3

「眞是傷腦筋的老師。」

西田離開保健室，和彥便輕輕地嘖一聲。想來是被人產生奇怪誤解，讓他不快。

隨後和彥回過頭，望著仍然緊抓著他制服下襬的翔香。

「妳都聽到了。我不會跑了，放手吧。」

翔香猛搖頭。她害怕一旦放開手，又會進行「跳躍」。

和彥由上往下看著翔香，再次說道：

「放開手。」

翔香再次搖頭。

結果和彥展開出乎意料的行動：他竟然用力直接掰開翔香的手。雖然翔香也知道和彥不是那種會溫柔對待女性的紳士，不過這也太粗暴。

「這樣就能好好說話了。」

和彥輕拍被弄亂的制服下襬，整理好衣服，面對翔香坐在另一張床上。

「那麼——」和彥翹起腳，開口詢問：「妳到底在害怕什麼？」

和彥的冷酷無情讓翔香大感震驚，不過此人似乎是解決眼前謎團的唯一線索。下定決心，她開口了。

「你……願意幫我出主意嗎？」

和彥的嘴角隱約揚起。

「只要妳搞清楚，到底要找我商量什麼就行。」

「我終於搞懂了。我終於明白『我』到底要我找你商量什麼。」

「妳還是老樣子，講的話光聽就讓人頭痛。」

「拜託認眞聽我說！」

「我知道了，別那麼激動。」

和彥張開雙手示意翔香冷靜。

「接下來我要說的事情……可能讓人難以相信，你願意相信我嗎？」

「我看妳應該多學點現代國文比較好。」和彥苦笑著向翔香投以調侃的眼神。「如果是能讓人相信的事，我就相信。」

和彥的態度算不上誠懇，不過翔香無法期待更多。畢竟和彥向來信奉「各人自掃門前雪」，光是他願意聽翔香講話，就應該謝天謝地了。

翔香猶豫怎麼說明，最後從頭開始講。

「事情是從前天……昨天？總之，是從星期二開始。」

「星期二的話，就是昨天。」

和彥簡短地插了一句。

「昨天早上起來的時候，我以爲今天星期一。因爲對我來說，『昨天的前一天』是星期天。」

「眞是有夠難懂，」和彥皺起眉頭抱怨：「能麻煩妳統一一下用語嗎？不要說昨天今天前一天，請直接說星期幾。」

「所以說，星期二起床的時候，我以爲『今天是星期一』，因爲我沒有前一天——星期一的記憶。因此對於星期二的我來說，昨天其實是星期天……很難懂嗎？」

「非常難懂，不過算了。我大概理解了。也就是說，星期二早上，妳發現妳完全沒有星期一的記憶，對吧？」

「正確來說，我不是早上立刻發現，而是上課之後，我才從課表察覺當天是星期二。我雖然納悶，但還是上完星期二的課。放學回家，我突然想到要查看日記。」

「然後就發現日記裡寫著要找我商量嗎？我剛才聽過了。」

「剛才？」

和彥苦笑著修正說辭。

「星期三的午休時間，妳不是對我說，日記裡寫著要找我商量嗎？我問妳是要商量什麼，妳說要是妳知道就好了。」

「對喔……那是今天的事……」

「大約二十分鐘前而已——然後呢？」

和彥催促翔香說下去。

「星期三的午休……對你來說是『剛才』吧？」

翔香改口訂正。和彥用充滿興趣的眼神盯著翔香，但沒有張嘴說話。

「『剛才』我想通過中庭回教室的時候，被你叫住了。」

和彥聳了聳肩。

「如果當時我沒有叫住妳，說不定妳反而沒事。」

「當時我發現有什麼東西從上面掉下來，才想著糟糕，接著就……」

「接著就？」

「……我就醒來了。」

盯著翔香的和彥皺起眉頭。

「……什麼意思？」

「我在床上醒來了。我人在我家房間裡，躺在我的床上。」

「……」

「我以爲我又失憶了。爲求確認，我看了報紙——報紙上的日期是……星期四。」

和彥挑起一邊眉毛。

「妳說什麼？」

「報紙上寫著星期四。從『現在』來看的話，就是明天。」

和彥沉吟著注視翔香，輕輕嘆口氣，搖了搖頭。

「……眞是沒想到。」

「我覺得很毛，原本還以爲自己是不是有雙重人格，沒想到……」

翔香閉上嘴，深深嘆了一口氣。

「那麼……『明天的妳』做了什麼？」

「我覺得很不舒服……本來想請假，最後還是決定來上學。畢竟如果我真的有雙重人格，我記憶中斷的時候，你人就在旁邊。只要問你，應該就能知道我發生了什麼事。」

「很有道理，」和彥佩服地點點頭。「不過我覺得沒發生特別值得一提的變化。」

「可是……明天的你似乎知道什麼。當我問你知不知道的時候，你說放學就會明白。」

「我會說那種話？」

「你『說過了』。」

翔香抬起視線，瞪向和彥。

「那麼……『明天』的我到底知道什麼？」

「不知道。」

「我不肯告訴妳？」

「不是你不告訴我，而是還沒到放學後。我在放學前就回到現在來了。」

「妳是怎麼回來的？」

翔香搖了搖頭。

「我在樓梯上滑了一跤，想著慘了，接著就……回到中庭……回到了今天。」

「那就是……『剛才』發生的事情嗎？」

「嗯。」

「這樣的話有點奇怪。妳在樓梯上摔倒，應該是前天的事。」

「咦？」翔香爲求保險，又回憶了一遍，最後她搖了搖頭。

「不，不對。應該說是昨天，或者說明天……總之是星期四的事。」

「嗯？」和彥一臉難以釋懷的表情，但隨即聳了聳肩。「算了。那麼……妳說的放學前，具體來說是什麼時候？」

「打掃的時候。我從英文教師辦公室拿著垃圾桶，要下樓梯的時候……」

「也就是說，是第一校舍東邊的樓梯？」

「對。」

「哪一樓？」

「最下面那層。我要下到一樓的時候，在轉角平台失足滑跤。」

「嗯……？」

「若松同學……我心裡很怕……我不知道自己爲什麼變成這樣……接下來又會跳躍到『何時』……」

「原來如此……」和彥念念有詞地連連點頭。「也就是說，不知道爲什麼，妳突然變成了時間旅行者。」

4

「那麼，」和彥變換坐姿，翹起另一隻腳：「妳是在哪裡聞到了薰衣草的味道？」

翔香沒有馬上意會過來。等她明白過來的時候，她不禁失望與憤怒。

「你不相信我，對吧？」

「眞是抱歉。」

和彥面對翔香非難的目光，坦然開口回應。

「那你是說我在撒謊囉？」

「當然不是，我不會說那麼失禮的話。」和彥聳了聳肩。「只不過，比起這種荒誕的幻想，說妳剛剛作了一個『穿越到明天的夢』，應該更現實一點。」

「可是我在『明天』渡過了很長的時間！」

「妳沒聽說過『邯鄲之夢』嗎？人在睡夢中，只要一秒就能體驗完一生。」和彥冷冷回應。「說到底，時間旅行這種事情，當成故事聽聽是很有趣，但實際發生的話，肯定會充滿數都數不清的矛盾。」

「所以你是在說我講得不對，是我自己搞錯了？」

「很可能。」

「你是要說這件事無所謂，因爲這只是我的妄想？」

「……」

「你是說放著不管也無所謂，反正只是我庸人自擾！」

「……」

「不管我發生什麼事情，都跟你無關，對吧！」

翔香知道自己變得歇斯底里，但她無法抑制自己高亢的聲音。

「什麼『值得依靠的人』！根本騙人！」

「等一下。」

面對愈來愈激動的翔香，本來只是不知如何是好地望著她的和彥，此時突然插話：

「是誰說出那種話，竟然說我值得依靠？」

「是『我』！」

「……」

和彥注視著翔香很長一段時間，最後深深嘆了一口氣。

「鹿島……總之，妳先睡一覺吧。等妳冷靜下來，我們再談。」

「我怎麼睡得著！」

翔香幾乎大喊出聲。要是在這裡睡著了，自己說不定又會跳躍到別的時間。

和彥無奈地搖了搖頭。

「好，我明白了。我就假設妳眞的是時間旅行者。所以……妳到底要我怎麼做？」

「讓我恢復成原狀，拜託！」

「我怎麼辦得到？我看找個精……超心理學方面的專家還比較合適。」

和彥講到一半改口。他原本想說的絕對是「精神科醫生」。

「不過……但是……」

翔香想起了日記。那本似乎由未來的自己寫下的日記，上面寫著要找和彥商量。

「老實說，我不相信時間旅行實際發生的可能性。抱歉，我幫不了妳。」

這番話等同最後通牒。和彥拒絕助她一臂之力。

「看來你不願意相信我的話……」

「如果是掛在嘴上的『相信』，只要妳覺得謊言也無所謂，再多遍我都能說給妳聽。」和彥語氣有些強硬。「鹿島，我不知道妳怎麼想，但『相信』可不是輕而易舉的事情。有些事即使再怎麼想相信，也還是無法令人信服；也有不管再怎麼不願意，還是只能相信的事情。『相信』不是單憑自己意志就能決定的，更遑論遭人強迫了。」

「……」

翔香垂下頭，目光落在膝蓋上，緊緊捏著裙子下襬。

「總之，妳就放鬆一點吧？」和彥放柔語氣。「如果妳眞的能時間旅行，那可是機會難得的體驗，妳何不趁機享受一下？妳還可以靠彩券跟賽馬大賺一筆。」

我不相信時間旅行，但妳信不信，則是妳的自由。這就是和彥想說的。同時他也在告訴翔香，相信時間旅行固然沒問題，但爲此搞到神經兮兮就本末倒置了。

翔香抬起頭。她從和彥剛才的話想到一件事。

「這樣的話，如果我預言明天發生的事情，到時你能相信我嗎？」

和彥微微瞪大眼睛。

「妳提了挺有趣的想法……妳說妳要預言未來？」

「沒錯，怎麼樣？」

和彥盯著翔香，眼中閃爍好奇的光芒。

「好吧，如果妳成功預言明天的事……到時我就假裝相信妳。」

「『假裝相信』？」

「對，」和彥點了點頭。「我認爲時間旅行是不可能的，所以我不能說我相信妳。但是即使剛好矇對，只要妳的預言成眞了，我就會出於敬意幫妳。到時不管時間旅行到底是否爲眞，我都會假設『時間旅行是眞的』，認眞全力爲妳制定應對措施。」

「……眞的？」

「我不騙人。」和彥點頭回應，又補充：「但一旦妳的故事中出現無法解釋的矛盾，事情就到此爲止。只要出現不管怎麼掰，都無法說明的矛盾，我就會退出……妳接受嗎？」

「那是……如果你發現我在說謊？」

「不是，是指我確定事情已經超出我的能力範圍。」

雖然翔香不滿和彥並非無條件幫她，但這已經是最大的讓步了。

「……好吧。」

翔香點頭答應。

「那麼，讓我聽聽妳的預言吧……先說好，天氣預報可不行。無論是晴天、陰天還是雨天，都有三分之一的機率猜對。」

「不是還有冰雹或颱風嗎？」

「加上那些也不過五分之一，不夠。當然囉，如果是龍捲風或大地震就另當別論了。」

「……你眞是疑心很重耶。」

「如果要押上我的『全力』，總要給一個値得一賭的賠率吧。」

「……好吧。」

翔香思考了能拿來當預言的事情。

她曾留意過明天的早報，只要說出報上的新聞就好。偏偏當時她只顧著看日期，對報導的內容印象模糊。翔香努力地搜索記憶。

「我記得……好像有一篇關於政界重組的報導……」

「重組？不是再次重組嗎？」

被這麼一問，翔香不禁看向和彥。

「這麼一說，好像是再次重組……但你怎麼知道？」

這樣活像和彥才是預言者。

「因爲最近的政治版都在報導這個啊。」和彥輕描淡寫地回答。「被奪回政權的各在野黨正緊密合作，計畫捲土重來，所以是再次重組。要是明天沒有相關報導，反而才不自然呢。」

「呃……對了，交通事故！」

「什麼時候？在哪裡？多嚴重？」

和彥尖銳地追問。

「我沒記得那麼詳細……」

「這樣也不行。這年頭每天都有地方發生交通事故。」

「……」

翔香咬著嘴唇。和彥的標準實在太嚴格，但如果無法達成條件，和彥就不會出手幫忙。好不容易明天的和彥才說了「奉陪到底」，翔香實在難以放棄。

想到這裡，翔香拊掌喜道：

「我眞是個傻瓜。」

「數學考試怎麼樣？」

這根本想都不用想，回想和彥明天的言行，「預言」的內容就不言自明。

「預言的內容突然變得很小家子氣呀。」和彥笑了：「妳說考試怎麼了？」

「明天會發數學考試的考卷，我還記得分數。」

「哦……？」

「你考了九十七分。」

看著翔香充滿自信的樣子，和彥露出感興趣的表情，然後沉吟著搖了搖頭。

「算是比之前的預言好一些，但我也說過了，五分之一的機率還不夠。」

「什麼機率是五分之一？」

「因爲我在數學從未考過低於九十五分的分數，今後想必也不會。」

「……」

翔香不禁愣住了。自信爆棚到這個程度，也是令人佩服。

「請說出下一個『預言』吧。」

「等一下，那我就來預言我的分數。對我來說，九十五分以下的分數是家常便飯。如果是從一百分到〇分，就有百分之一的機率，這應該足以讓你『假裝相信』了吧？」

「一百〇一分之一。」

「嗯？」

「從〇到一百的話，機率是一百〇一分之一。前提是無視偏差就是了。」

這人眞是有夠龜毛。

「……所以妳考了幾分？」

「滿分。」

和彥久久盯著翔香。

「妳是說妳考了一百分滿分？在數學考試？」

「沒錯。」

「我沒記錯的話……上次考試，妳應該被老師留下來補習了吧？」

「……對啦。」

沒想到和彥記得這麼清楚，翔香有點悶悶不樂。

「這次的考試有出圖形與函數的綜合題，光靠硬背或亂猜是解不出來的。必須完全理解解法，才可能考到滿分。」

和彥帶著思索的表情注視翔香。

「如何？接受賭注嗎？」

「行，我接受。」

和彥雖然同意了，但這意味著他認定翔香不可能拿到滿分，讓她無法完全爲此高興。明天和彥的表情肯定很值得一看，翔香在心中偷笑。不過她隨即意識到自己已經見過了，頓時陷入微妙的心情。

「不過在這之前，我需要先確認一件事。」

「是什麼？」

「前提條件是海野婆婆沒有向任何人透露過分數。有了這個前提條件，妳的『預言』才能成立。」

翔香嘆了口氣。

「若松同學你……眞的疑心病很重耶。」

和彥淡淡回答。

「所謂的科學驗證，就是要先排除其他所有可能性。」

5

第四節課結束時，西田回來了。

「她冷靜下來了嗎？」

西田把目光投向翔香，詢問和彥。

「算是吧。」

和彥回答，翔香也向西田點點頭。

西田觀察翔香的臉色，同時詢問：

「……臉色好多了。妳打算怎麼辦？妳可以躺下來休息一會，如果想要早退回家，我也可以幫忙通知老師。」

「不，我會上第五節課……再繼續妨礙若松同學上課，就太過意不去了。」

翔香斜眼瞥向和彥，和彥面不改色地回答：

「那可眞是求之不得。」

眞是個聽不懂反諷的傢伙。

西田充滿興趣地來回觀察翔香與和彥。

「那麼我們就先回去了。」

「謝謝老師的照顧。」

和彥和翔香向西田行禮道謝，相偕離開了保健室。

「我們繞去教師辦公室一下。」

和彥指的顯然是數學老師的辦公室，看來他打算馬上確認。

翔香有些擔心。

——你想知道星期一的考試結果？我本來打算明天才發考卷，但告訴你也可以。

若是海野老師像這樣隨口說出考試結果，「預言」就無法成立了。預言必須是「必須等到明天才能知道的事情」。

不過一切是翔香的杞人憂天。

和彥讓翔香在走廊等著，自己進了辦公室。不久，他回來說：

「老師說今晚改考卷。」

「也就是說……」

翔香鬆了一口氣。和彥向她點點頭。

「賭約成立了。妳不可能知道還未批改的考卷分數。明天數學課，如果考卷發下來，分數與妳說的一致，我就奉陪妳的『冒險』一陣子。」

和彥的態度依舊大牌，不過翔香絲毫不以爲意。畢竟她十分清楚，只要到了明天，和彥就會成爲她的夥伴。

「鹿島，順便問一句……我只是想先參考。」

和彥忽然想到什麼似地開口。

「什麼事？」

「妳現在是在星期三吧？」

「是呀。」

「時間照這樣走下去，過傍晚到了晚上，最後迎來早晨，就是星期四的早晨。」

「嗯……」

翔香不解地歪頭，不明白和彥想說什麼。

「現在的妳就會來到星期四。但按照妳說的，妳經歷過星期四了。這樣的話，星期四不就會有兩個妳嗎？」

「啊……」

翔香之前沒想過這件事，不過經和彥一說，確實如此。

「明天我見到的妳，到底會是哪一個妳呢？」

「……不知道。」

和彥的疑問很合理。事情到底會變成怎麼樣呢？

「時間旅行就是如此充滿矛盾。說不定出乎意料，我沒多久就能抽身告退了。」和彥笑著說下去：「總之從現在開始，每次見到妳，我都會先問妳從哪裡——不對，應該是『何時』——我都會先問妳是從何時來的。」

「啊。」

原來是這樣啊……翔香感到一片拼圖在腦中歸位了。

就是因爲此刻的這段對話，明天和彥才對遲到的翔香說：「妳是從什麼時候來的？」

無論如何，到了星期四，和彥就會幫她。知道這一點的翔香當晚安心地沉入夢鄉。

翔香已經不需要獨自煩惱了。

第4章　星期五到星期四

1

隔天早上，翔香起床，換上制服下樓。

首先她必須確定「今天」是哪一天。

她走進廚房，若子和往常一樣準備早餐，英介也一如往常地讀早報。

「早安。」

翔香一邊道早，同時隔著英介的肩膀確認報紙。

今天是星期五。

她又「跳躍」了一天了嗎……

翔香並沒有太驚訝，連她自己都有點意外。看來即使是這種極為異常的現象，一而再，再而三之後，她也逐漸習慣了。

「翔香，妳今天身體還好嗎？」

若子會這麼問，想來是昨天早上發生的事情。

英介也關切地看著她。

「嗯，我沒事啊。」

聽到翔香輕快的回答，英介一言不發地又把目光轉回報紙上。不過不知道是不是翔香的錯覺，英介莫名顯得有些悶悶不樂。

「今天的早餐是吐司，要吃嗎？」

「嗯。」

翔香一邊回應若子，同時從冰箱裡拿出盒裝牛奶，倒進杯子裡喝了一口。

「對了，那位若松同學還蠻不錯嘛。」

猝不及防的奇妙發言，翔香頓時嗆到。

「哎唷。」

若子笑得很開心。

「爲、爲什麼妳知道若松同學？」

若子用奇怪的眼神打量被牛奶嗆到的翔香。

「昨天不是妳自己帶人家到家裡嗎？」

怎麼一回事啊？

幾乎衝口而出的問句，被翔香硬生生地吞回肚子裡。

「昨天」——也就是星期四的後半段——是翔香尚未經歷過的時間。翔香意識到若子所說的事情，肯定就發生在那段期間。

「啊，對耶，是有這麼一回事。」

翔香急忙敷衍，結果被若子懷疑地審視。

「妳最近眞的有點奇怪。又是頭痛，又是貧血的……」

「對不起……不過眞的沒什麼，別擔心啦。」

翔香不可能告訴母親自己成了時間旅行者。即使說了，她也不會相信。從別種意義來說，反而讓她更擔心而已。

「還是說……」若子一臉戲謔地打趣：「一切都是因爲若松同學嗎？」

「若子，再給我一杯咖啡。」

英介口氣不悅地插入對話。

「好好好。」若子應聲，輕笑著對翔香耳語：「妳帶男朋友來家裡，他正沮喪呢。」

「……」

「別擔心，媽媽可是站在你們這邊唷。」

2

「眞是的，到底在亂想什麼啊。」

翔香大大地嘆一口氣，走出玄關。

和彥確實有著知性的臉龐，身材也不錯。最重要的是，他總是顯得很有自信，讓人覺得很可靠。因此若子說他「蠻不錯」，翔香不是不能理解。

但和彥的個性有點瑕疵。他這個人有理無情，說話行事都十分冷淡。

憑和彥的條件，要是再溫柔一點就無可挑剔了……

翔香這麼想，一邊走出大門。

「早安啊，鹿島。」

冷不防聽到和彥的聲音，翔香一如字面地嚇一大跳。

身穿制服的和彥背靠著門柱，正站在翔香眼前。

「你、你、你怎麼在這裡！」

「因爲呢，」和彥一臉有趣地看著驚慌失措的翔香回答：「我決定在這件事解決之前，無論是在學校，還是上下學途中，都不會讓妳離開我的視線。」

「……你要當我的保鏢？」

「一部分是因爲這個原因，一方面也是爲了蒐集資料。時間跳躍最好是發生在我目光所及範圍。好了，我們走吧。」

和彥催促翔香，邁出步伐。

「今天你不問我從什麼時候來嗎？」

翔香小跑步追上和彥，走在他的左側詢問。

「妳是從星期三來的吧。」

翔香驚訝地瞪大雙眼。

「……你怎麼知道？」

「我昨天問過妳了。」

「昨天的我……？」

「對，妳接下來會在經歷星期五之後，回到星期四的打掃時間。」

「打掃時間……從樓梯上摔下來的時候？」

「沒錯。」和彥點了點頭。「不用擔心，我有好好接住妳。」

「你會接住我？可是……」

「我已經在星期三午休時聽妳說過，妳會在星期四的打掃時間，從樓梯上摔下來，所以我就先在樓梯那裡待命了。妳現在沒受任何傷，不就是最好的證明嗎？」

「那眞是……謝謝你了？」

翔香姑且道了謝。對接下來才要發生的事情道謝，感受委實古怪。

「對了，那個……應該是昨天放學後，你有來我家嗎？」

「嗯，我想找個地方好好談話，也有一些想查的東西。」

「你要談什麼？」

「妳現在問這個做什麼？」

和彥帶著促狹的笑意望向翔香。

「就是……有點在意嘛。」

「就算現在不告訴妳，妳到昨天就會知道了。現在再說一遍，對妳我來說都是浪費時間。」

「可是……」

「而且在不必要的時候，得知不必要的資訊，可能造成各種問題。多餘的消息還是不要知道爲妙……啊，不是那邊，這裡要右轉。」

和彥一邊說，指示翔香走向旁邊的岔路。

「我們不是要去學校嗎？」

翔香不解地歪頭。道路盡頭已經能看到小小的正門，再往前直走就到學校了。

「因爲被認識的人看到會很麻煩。」

「……因爲會被傳我跟你的八卦？」

「傳八卦？」和彥看著翔香，然後苦笑。「不是那樣，是因爲我們兩人都不會出席上午的課。」

「什麼意思？」

「先別問那麼多，往右轉。我們走後門。」

3

從後門進入東高沒多遠，就會看到一間學生會館。這間學生會館原本在重建校舍時，蓋來當臨時校舍。重建工程結束，因爲拆掉太浪費，就在稍加修建之後保留下來。

學生會館是一棟組立式建築，一樓有三間教室，二樓有兩間教室。當時即使只有這幾間教室也能勉強應付需求。二樓的兩間教室後來改造成榻榻米房，一樓的三間教室則仍保留著教室的形式，擺放著舊式桌椅。由於一樓目前也被管樂社和合唱社等「熱鬧」的社團當成練習場，因此樂譜和樂器等四處可見。

「你打算翹課嗎？」

翔香跟著和彥避開人群，溜進學生會館時，好奇地詢問。

「看來是吧。」

「若松同學要翹課？」

翔香大感驚訝。和彥一直是從不遲到早退的資優模範生。

「我也不想翹課，但沒辦法。畢竟時間實在不夠。」

「時間不夠？」

「噓。」

和彥示意她安靜，身體貼著牆邊。翔香也連忙躲起來。

幾名學生有說有笑地從學生會館的門外經過。

「我說……」翔香小聲詢問：「雖然我不知道現在是什麼狀況，不過有事要處理的話，大可去別的地方，不用特地來學校吧？」

「穿著制服還能到哪裡？而且我們今天需要待在學校。」

「為什麼？」

「妳遲早會知道。」

「現在不能告訴我嗎？」

「無可奉告。」和彥觀察了一下外面的情況，然後催促翔香：「二樓比較不容易被發現，我們上去吧。」

在榻榻米房的教室裡放下書包，和彥丟下一句：

「等一下，我找找看有沒有板子。」

他一說完，就再次回到一樓。

翔香就這樣一頭霧水地跪坐在榻榻米上，等待和彥回來。她完全不知道現在情形，也不清楚和彥到底在想什麼，又打算做什麼。不過翔香依稀察覺到，和彥已經掌握狀況，並採取了因應對策。只是他不肯說明的態度，還是讓翔香感到狐疑與不滿。

過一會，和彥回來了。他拿著一塊畫板和一個瓦楞紙箱，不知道從哪裡找來的。

「這些東西要拿來做什麼？」

「當桌子。」

和彥把紙箱放在榻榻米上，再把畫板放在上面。有點不穩定，但還是勉強充當桌子。

「所以呢？這個『桌子』是拿來做什麼的？」

「讓妳準備考試。」

和彥簡短地回答。

「什麼？」

「準備數學考試。」

「……考試？」

「妳好像忘了。讓我提醒妳一下，這星期一有數學考試。」

「……我記得啦。」

翔香悶悶不樂地回答。

「那麼妳應該能夠明白，妳還沒經歷過星期一，所以妳接下來會接受考試。」

「呃……等一下，也就是說，是我在數學考試考了一百分滿分？」

「不然還能有誰？」

和彥彷彿在說這是什麼蠢問題。

「可是我不太擅長數學……」

「我知道，所以我才留了這麼多時間給妳準備。」

「可是……咦？」翔香腦中有點混亂。「如果我拿不到滿分……事情會變怎麼樣？」

「妳的『預言』就會失敗，我就不會幫妳。」

「可是……你現在人不就在這裡嗎？」

「所以請妳讓我能夠繼續待在這裡。」

翔香疑惑地歪頭。

「我不太……明白你的意思。『無法繼續待在這裡』會是怎麼樣的情況？」

「詳細情況我會在昨天告訴妳。現在別想太多，專心準備考試。」

「雖然你這麼說，可是有這麼多不明不白的事情，要我怎麼集中注意力？」

翔香鼓起臉頰表示不滿。和彥小聲嘆了口氣，然後諄諄教誨地說：

「我不是存心刁難妳，鹿島。有些事情是不知道比較好，有些事情是知道了就會造成問題。」

「可是……」

「我現在正依照約定，認眞地爲妳著想。拜託妳相信我，照我說的做。」

和彥這麼一講，翔香也無話可說。畢竟是她硬把不情願的和彥拖下水。

「……好吧。」

翔香不情願地答應了。與此同時，從校舍方向傳來了上課鈴聲。

「那麼請在下次鐘聲響起之前，完成這張考卷吧。」

和彥從書包裡拿出一張考卷，放在速成的桌子上。

4

「好了，停筆。」

宣告第一節課結束的鐘聲響起，和彥把翔香拿來當答題卷的活頁紙收到自己面前，右手握著紅筆。

和彥掃了一眼活頁紙，瞥向翔香，讓翔香不由得垂下視線。別說滿分了，她連一半的題目都解不出來。

「工程浩大啊。」

改完分數，和彥搖頭嘆氣。

「那個……」翔香怯怯地提議。「請問……不能靠作弊嗎？我知道作弊不對，不過現在是非常時期嘛……對吧？」

和彥朝翔香投以冷冷的目光。

「這次考試考最高分的可是妳，妳是打算偷看誰的答案？」

「不是啦，我是說弄個作弊小抄……」

數學需要寫計算過程，所以比其他科目更難做小抄，不過既然已經知道會出什麼題目，應該不是做不到。

「即使準備了那種東西，也無法用在星期一的考試上。」

「爲什麼？」

「就算妳現在做了小抄，這個小抄也只存在『現在』，也就是星期五之後。」

「帶去的話……不就行了？」

「怎麼帶？」

「呃？因爲……」

「反正妳要怎麼想是妳的事，不過——」和彥狠狠地瞪著翔香。「只要我還有一口氣，我就不會讓妳這麼做。」

「可是……要拿滿分不是嗎？這樣一天怎麼做得到？」

「我們已經掌握了題目喔？別那麼擔心。我知道妳做得到。」

「說得像是預言家一樣……」

「在這件事上，我確實是預言家。此外……」和彥意味深長地盯著翔香。「俗話不是說『今日事今日畢』嗎？這句諺語最適合現在的妳。」

和彥說得沒錯，對現在的翔香而言，她無法保證明天是否還是明天。她不知道星期一什麼時候來。要是誤以爲自己還有很多時間，卻馬上跳躍到星期一，翔香就得在準備不足的情況下面對考試。

「我再說一次：除非妳在星期一的考試中拿到滿分，不然我不會站在妳這邊。到時妳就得孤軍奮戰。」

「孤軍奮戰」這個說法有些誇張，但是翔香明白和彥的意思。

「……好吧，我照你說的做。」

雖然翔香目前還無法理解爲什麼需要這麼做，不過當初是自己求和彥幫忙。既然和彥判斷需要這麼做，翔香就應該配合。

和彥點了點頭，表情稍微放鬆了一些。

「反正我們還有時間。時間還足以讓我把問題的解法塞進妳的腦袋裡。」

和彥在翔香旁邊換位子坐下。

「首先，來看第一題……」

5

和彥花了整整一個上午，終於放過翔香。

「妳要記下的不是這些問題的答案，而是解法。只要學會解法，就不會輕易忘記。」

之所以花了這麼多時間，正是和彥從基礎中的基礎開始教。

和彥教起人來也十分優秀。翔香的數學知識有不少模糊混亂的地方，是和彥一一指出來，分門別類後再梳理得井井有條。

現在的翔香也能理解，爲什麼和彥誇口自己在數學不會考出九十五分以下的分數。和彥對數學的理解很透徹。至少在高中程度的數學上，應該沒有和彥解不出來的題目。如果有扣分，肯定是粗心大意的失誤。

「好，那就再考一次吧。」

翔香再次與考卷相對。儘管是同樣的題目，感覺變得容易許多。

「好，這樣就可以了。」

和彥改完分數後滿意點頭。翔香這次漂亮地拿到滿分。

「辛苦你了。」

「不客氣。不過拜託妳，鹿島，別粗心寫錯。不然這些努力全白費了。」

「嗯，我會注意的。」

翔香點頭時，正好傳來第三節課結束的鐘聲。接下來是將近一小時的午休。

「既然如此，我們就順便在這裡吃午餐吧。」

和彥把書包拉過來，從裡面拿出便當盒。

「好啊。不過沒茶有點可惜。」

「用樓下的自來水湊合吧。」

和彥換位子坐下來，打開了便當盒。看到他的便當料理，翔香忍不住笑了出來。和彥的便當很不像他，長得十分可愛：白飯上面用粉紅色魚鬆、炒蛋和雞肉酥等擺出笑臉，還塞了削成兔子形狀的蘋果和章魚香腸。

「眞是可愛的便當啊。」

聽到翔香如此打趣，和彥皺起眉頭。

「我爸媽昨天出遠門不在，這是我妹的傑作。」

「原來你有妹妹啊。」

「嗯，她在我們學校讀一年級。」

「哦。」

翔香回應，忽然尋思起自己不知道能不能作出這麼精緻的便當。

吃完午餐後，和彥說：

「現在還趕得上下午的課。妳去上課吧。」

「那你呢？」

「我還有點事要辦。」

「那我也留下來。」

「不行，那樣我反而困擾。」

「爲什麼？」

見到和彥露出傷腦筋的表情，翔香猜想得到他的下一句話。

「又是不能告訴我嗎？」

「抱歉。」

事情明明與自己有關，卻不能告訴自己，讓翔香相當不解。儘管如此，她也理解和彥這樣判斷，想必有其相應的理由。她清楚自己的頭腦比不上和彥，僅管不滿，但還是決定接受。

「我明白了。不過你要忙多久？我可以等你忙完。」

和彥還是搖頭。

「不行，那樣也不行。放學後妳自己回去。」

「你不是說要陪我上下學嗎？」

「我是說了，不過凡事都有例外，今天就是不行。」

「可是……如果在你不在的時候，我又『跳躍』了，我該怎麼辦才好？」

「不用擔心。若有什麼事，我會立刻趕來。」

「……眞的？」

「眞的，我保證。」

和彥肯定地點了點頭。

6

翔香東張西望，避人耳目地離開了學生會館，從自行車停放區繞道走向校舍。

現在還是午休，路上遇到的學生們目睹提著書包的翔香，都露出奇怪的表情。不過這種時候，態度愈坦蕩大方就愈不會引起懷疑，因此翔香故作悠然地踏進校舍門口。

不過就在她換上室內鞋，準備前往教室時，她碰巧遇到了英文讀解老師中田。

「我記得……妳不是請假嗎？」

中田輕輕瞪向翔香。這麼一說，星期五上午正好有中田的課。中田似乎懷疑翔香是裝病翹課。雖然翔香實際上是在「自習」，不過說起來的確是翹課。

爲什麼自己總在這種不巧的時間點碰到中田呢？翔香暗自嘆氣，慌忙辯解。

「呃……其實……我最近身體不太好……原本今天也打算請假……但是稍微休息了一下，感覺就好多了……」

看到翔香慌亂的模樣，中田輕笑出聲。

「我知道了。妳的意思是妳不是不想上我的課，對吧？」

「怎麼會呢……絕對沒那回事。」

「那就好。女孩子的身體很嬌弱，注意健康啊。」

中田彷彿別有深意的發言令人在意，不過經過這幾天的經歷，翔香對莫名其妙的事情已經有些麻木了。一一在意的話根本沒完沒了，所以她決定聽過就算了。

「好的，我會注意的。」

翔香努力地活力回答，然後離開。

「哦，翔香，今天來得這麼晚，派頭挺大唷。」

進了教室，吃著午飯的優子眼尖地發現翔香。幹代和知佐子也一如往常地在一旁。

「我早上頭有點痛……」

「最近妳常常這麼說，妳身體真的還好嗎？」

知佐子似乎認真替翔香擔心，讓翔香的良心一陣刺痛。

「沒事的，稍微休息一下就好多了。」

翔香露出大大的笑容。

「那就好……」

「對了，翔香，今天若松同學也難得請假了喔。」

優子老樣子地用帶著調笑意味的眼神看向翔香。

「……哦，是喔？」

「我們剛剛還在猜，你們兩個是不是一起翹課到哪裡約會了呢……眞是讓人失望。」

「也太誇張了吧。」

翔香裝出傻眼的模樣。

「開玩笑啦，」優子輕笑。「不過機會難得，妳放學後還是去探望一下吧？」

「對啊，要的話，我們也可以陪妳一起去喔。」

想湊熱鬧的幹代這麼提議。

「不用啦，幹麼看他。」

翔香連忙搖頭揮手。要是到若松家探望，和彥翹課的事情就會曝光。

「妳不看他嗎？若松同學都請假了耶。」

「妳們這陣子怪怪的……爲什麼大家都想把我和若松同學湊成一對？太奇怪了吧？」

「什麼？因爲……」

幹代和知佐子不約而同地眨了眨眼睛。看來翔香又說錯了什麼。

「好了啦，一定是那個還沒結束呢。」

優子插嘴打圓場，不過說出來的話仍然讓翔香一頭霧水。

「可是有必要搞得這麼複雜嗎？」

「就是因爲複雜才有效嘛。」

妳們到底在說什麼？

翔香努力地吞下差點脫口的疑問。

7

打掃結束，當翔香離開校舍，已經超過五點了。

和彥依舊沒有現身。

「眞是的，他到底在哪裡做什麼呀？」

翔香嘆了一口氣，踏上回家的路。

冬日將至，天色暗得比較快。翔香穿過住宅區時，天色已經完全暗下來。

翔香走在堤防鋪設的道路上。只要繼續沿著河走，過橋之後，家就不遠了。

總覺得有點可怕。

翔香忽然心生這股念頭。這條沿河道路沒有路燈，唯有星光和從附近住宅窗戶透出的燈光。

一個高中女生獨自走在這條路上，確實有些危險。不過要回家的話，還是走這條路最快，而且之前走這條路也都沒事。今天翔香會突然莫名不安，想來是因爲和彥不在。看來翔香在不知不覺之間，已經變得很依賴和彥。

「不行，振作一點。」

翔香試著喝斥自己，心中的不安卻沒有消退，反而愈加強烈。

她彷彿聽到背後傳來尾隨自己的腳步聲，於是回頭往後看。

她盯著眼前黑暗，卻看不出個所以然。

果然是我的錯覺吧……

她這麼想著，或者說這樣告訴自己，然後再次邁出步伐。

翔香確實聽見了微弱的腳步聲，這不是錯覺。

沙、沙。

「誰！」

翔香轉過身，大聲喊道。

沒有回應。

「……該不會是若松同學？」

她試探般地詢問，但依舊無人回應。

然而背後確實有人。

有人屏住呼吸，悄悄跟著翔香。

翔香轉身拔腿就跑。

背後的腳步聲也跟著跑起來，毫無疑問地有人在追她。

眞是的，說什麼「若有什麼事，我會立刻趕來」啊！你這個不合格的保鏢！翔香在心中大罵關鍵時刻缺席的和彥，賣命奔跑。

此時，翔香眼前一亮。前方出現兩道耀眼的白光，是車子的車頭燈。

得救了……

正當她這麼想，汽車的引擎聲變得更響亮，白光愈來愈亮。

「咦？」

翔香還沒反應過來，白光就朝呆立在原地的她猛衝過來。

要被撞了！

閃過這個想法的瞬間，翔香的身體感受到一股劇烈的衝擊。

8

「沒想到妳還眞的摔下來了。」

翔香抬頭一看，和彥的臉就在眼前。他的臉上帶著一抹難以言喻的複雜微笑，其中彷佛摻雜了嘲弄、玩味，以及無奈。

「若松同學！」

翔香緊緊抱住和彥，不停發抖。

「怎麼了？」

和彥注意到翔香的異常，表情嚴肅起來。

「車、車子……」

「車子？」

「不行……我會被撞上！」

「鹿島。」和彥壓低聲量，但強硬地喝斥：「振作起來，這裡在學校裡面，車子不會撞上來。」

「不是，不是的！」

翔香激烈地搖著頭，和彥用力抓住她的雙肩，在她的耳邊急促低語：

「我知道，鹿島，妳想必又看到未來了。但『現在』沒事，妳要冷靜下來。」

和彥的話語充滿力道，令翔香心安。

沒錯，「現在」是安全的。只要「現在」和彥在身邊，翔香就沒事。

「若松同學……」這份安心感反而讓翔香變得膽小。「拜託……別再留我一個人……」

她把臉埋在和彥的肩膀上時，一聲口哨聲響起。口哨聲並非來自和彥。

翔香驚訝地抬起頭，幾個男生從旁經過，並向抱在一起的兩人投以嘲弄的目光。

翔香慌忙離開和彥的懷抱。

「妳還好吧？」

和彥絲毫不在意周圍，專注地看著翔香。他一如往常的淡定沉著模樣，此刻讓翔香感到無比可靠。

「嗯。這裡是……『現在』是什麼時候？」

「現在是星期四的打掃時間。妳是在倒垃圾的途中，從樓梯上滑倒。」

星期四……也就是說，翔香回溯了一天多的時間。這麼一說，和彥這麼說過：

「我接住了從樓梯上摔下來的妳。」

他指的正是「現在」。

「妳沒受傷吧？」

「嗯……」

藉由和彥的攙扶，翔香站起來。他們人在階梯上。和彥似乎是在她一路跌到底之前接住了她。

不過儘管現在的翔香沒受傷，但星期五的翔香……

發現翔香又發起抖，和彥再次說：

「冷靜下來。」

「嗯，我沒事……」

翔香揮開恐懼的餘韻，向和彥點頭示意自己沒事了。

9

「好了，總之開始收拾吧。妳把紙屑撒得滿地都是。」

和彥指著樓梯上散落一地的紙屑。不只是樓梯，翔香原本拿在手上的垃圾桶，似乎一路滾到底下的走廊，讓一樓的走廊上也是滿地垃圾。

「樓梯就麻煩妳了。」

和彥說完便下樓去撿垃圾桶。

事到如今也沒什麼好說的，不過和彥的態度一如往常的冷淡。翔香雖然知道和彥會信守承諾，也是一個可靠的男生，不過他難道就不能對一個害怕得發抖的女生，表現出更多的體貼與溫柔嗎？

「鹿島。」

和彥撿起垃圾桶，把散落一地的紙屑丟進其中時，他轉頭盯著翔香。

「妳該不會打算讓我獨自收拾這一切吧？」

「……我知道了。」

翔香嘆了口氣。

她沿著樓梯，一路往上撿拾地上的紙屑。

到了轉角平台，翔香發現地板上有一灘水，地板又是油氈布地板，難怪她會滑倒。

「太危險了吧……」

翔香嘟噥。彷彿聽到她在說什麼，和彥出聲：

「那邊的掃具櫃裡有打掃用具，擦一擦吧。」

「好。」翔香點點頭，然後猛地回頭看著和彥。「若松同學，你……早就知道了？」

「妳說那灘水嗎？剛才有一年級的拿水桶提水，不小心灑出來。」

「你知道……然後還放著不管？」

翔香的詢問夾帶責備，和彥露出一絲笑容，仰望翔香。

「是啊，妳昨天不是說過，妳會在那裡滑倒嗎？」

「就算是這樣……」

滑跤也可能摔成重傷。和彥這種做法未免不夠體貼。

「所以我才好好接住妳，避免妳受傷啊。」

「……」

心裡還是不太能釋懷，但翔香仍從掃具櫃拿出抹布，把平台地板上的水擦乾淨。

她把抹布放回原處，和彥挾著垃圾桶對她說：

「走吧，我們去焚化爐。」

焚化爐位在第二校舍的後方。

翔香與和彥在校舍門口換了鞋，走到外面。

「所以妳是從什麼時候來的？」

和彥問了只有兩人才懂的問題。

「星期五的……放學後，在我回家的路上。」

「也就是明天……明天的我有跟妳說什麼嗎？」

「嗯。」

「說了什麼？」

「我也不太清楚。不管我問什麼，他都說『妳最好還是不要知道』。」

「爲什麼？這可是事關妳的問題吧？沒理由對妳保密啊。」

翔香不禁停下腳步，抬頭看向和彥。

「這可是你自己跟我這麼說的耶。」

和彥聳了聳肩。

「我也不懂，到底爲什麼呢？」

和彥似乎打從心底不解。

爲什麼星期五的和彥與星期四的和彥，有這麼大的不同呢？明明只差了一天。

翔香歪著頭思考時，和彥忽然冒出一句：

「這大概就是所謂的『士別三日，刮目相看』吧。」

「什麼？」

「說的是人會日益進步。想來明天的我，多半比今天的我更聰明一點。」

焚化爐裡火勢熊熊，全校的可燃垃圾都在這裡處理。不可燃垃圾和所謂的危險物品理所當然不能燒，只能丟在焚化爐旁的專用蒐集箱裡。

焚化爐前已經有幾個人排隊，翔香與和彥要等上一會。

「妳今天放學後有事嗎？」

和彥問。

「你要來我家嗎？」

翔香搶先回答，和彥露出驚訝的表情，但很快就咧嘴一笑。

「原來如此……既然妳是從明天來的，知道也不奇怪。」

第5章　往返於星期一之間

1

「我回來了。」

「哦，翔香，妳回來了啊。」

出現在玄關的英介讓翔香瞪大雙眼。

「爲什麼爸爸會在？」

「他提早下班回來了。」若子出現在英介後面說明：「他擔心妳的身體，擔心到無心上班。」

呃……

翔香回憶了一下。「現在」是星期四的傍晚……

對了，星期四早上的翔香情緒非常激動，讓英介和若子十分擔憂。

「貧血而已啦。我這不是沒事了嗎？」

翔香揚起笑容。

「嗯……」

英介仍然滿臉懷疑。翔香現在回想起來，自己當時的精神狀態確實很不穩定，英介有這樣的反應也不足為奇。

「看來是呢。」

相較之下，若子乾脆地接受了翔香的說法。這或許就是男性家長和女性家長的差異。

「好，把門關上，快進來吧，馬上就要吃晚餐了。」

「嗯……但是有件事……」

「怎麼了？」

「我帶了一個朋友回來……可以嗎？」

「朋友在外面等著嗎？這種事情妳要早點說啊……是優子她們嗎？」

「不是她們……」

看到翔香吞吞吐吐，若子露出疑惑的表情，但她驚人的直覺讓她猜到答案。

「是男孩子吧？」

「嗯……」

翔香打開快關上的門，邀請和彥進來。

「突然打擾，實在抱歉。我是翔香的同班同學，若松和彥。今天有些事情想和翔香商量，前來拜訪。」

和彥恭恭敬敬地打了招呼。

2

英介和若子正在談話。

「那個到底是誰啊？」

「不是說了嗎？是她的同學。」

「只是同學會特地來家裡嗎？」

「誰知道呢？不過他看起來是個好孩子啊，有禮貌，感覺很聰明……或許最近翔香怪怪的，都是因爲他。」

「妳說什麼？」

「不是啦，我的意思是說，戀愛中的女孩情緒容易不穩定。」

翔香忍不住從房間裡衝出來，對樓下大喊：

「爸爸，媽媽，我聽得到你們說話！」

她的話音剛落，談話聲便戛然而止。

「眞是的，老是愛亂猜……」

翔香嘟噥著，關上房門。

「對不起，讓你見笑了。」

翔香向和彥道歉。

「我不介意……比起這個，我們快點談正事。看來我最好不要在這裡待太久。」

和彥帶著熟悉的淺淺笑意回應。

「……」

「好了，首先，讓我看看那本日記。」

「等一下喔。」

翔香打開上鎖的抽屜，取出日記本。

「不准看其他部分喔。」

她翻開關鍵的那一頁日記，同時叮囑和彥。

「放心，我對妳的隱私沒興趣。」

和彥毫不客氣地接過日記，讀起那段不到十行的文字。

「『……最初妳會覺得他很冷漠，不過他是個值得依靠的人』，是嗎。」和彥露出帶點自嘲，又有點靦腆的笑容。「我可以把這當成在稱讚我嗎？」

「我不知道。又不是我寫的。」

「不過妳之後會寫吧？」

「那倒是……這樣……沒錯啦……」

翔香支支吾吾地回答。

「順帶一問，」和彥把日記還給翔香後問：「能告訴我前一頁的內容嗎？」

他不自己翻頁，大概是遵照翔香的叮囑。

「……你不是對我的隱私不感興趣嗎？」

「我只是想知道星期天或星期六有沒有類似的記載。」

「沒有。」

翔香立刻答道。

「妳說得這麼斬釘截鐵，確定嗎？」

「因爲前面寫的是八月分的事情。」

和彥有點驚訝地望著翔香。

「……妳習慣每隔兩個月寫一次日記嗎？」

「怎麼可能，碰巧沒什麼好寫的。」

「原來如此。所以起點果然還是星期一……但是等一下……」

和彥定定地注視著翔香的雙眼，目光堅定犀利，仿佛看穿翔香的內心深處。

「做、做什麼啦……別這樣盯著人看。」

翔香感覺臉頰發熱，出聲抗議。

「嗯？妳說什麼？」

和彥反問，銳利的視線瞬間鬆懈了下來。

「我叫你別死盯著人看。」

「哦，抱歉。我想東西的時候有個習慣，就是會盯著身邊的東西。」

「……」

翔香很想狠狠踹和彥一腳。

「鹿島，妳能再說一遍妳經歷的事情嗎？」

「……我不是星期三就說過了嗎？」

「當時我還半信半疑，或者應該說完全不信。」

「……這次你會『假裝相信』來聽我說嗎？」

翔香諷刺地回道，不過和彥完全不爲所動。

「沒錯，而且這次妳應該有更多事情要說吧？」

「好吧，我就再從頭講一遍喔？」

「等一下。」

和彥打開書包，取出筆記本和文具。

「你要記筆記？」

「我不是說我會認眞對待這件事嗎？我要借用一下妳的書桌。」

「喔，好……」

翔香想起和彥十分重視「相信」這個詞。

和彥非常認眞看待話語的意義，若非眞心相信，絕不輕言「相信」，所以他向翔香承諾的才會是「假裝相信」。因此當和彥說「全力以赴」時，就代表一如字面的「全力」。

「好，開始吧。最好鉅細靡遺，不要漏掉任何事。」

和彥在書桌上攤開筆記本，一手拿著自動鉛筆，示意翔香開始。

「呃——一開始是星期二……」

翔香娓娓道來，和彥一邊聽，一邊記下重點。要是有地方讓他納悶，他就會反覆詢問；碰到他認爲重要的部分，他就會記下來並畫線標註。和彥做筆記的熱心程度簡直好比準備入學考試，或尤有甚之。

聽翔香講完一遍經過，和彥放下自動鉛筆。

「呼……」

他轉動僵硬的脖子，按摩疲憊的右手。

「辛苦了。」

「不過這樣一來，我大致掌握了妳這段時間的行動。」

「這樣的話……接下來呢？」

「接下來就是分析數據，從中找出規律，也可以說是理論……然後查出原因，找到解決方法並加以實行。」

「能那麼順利嗎？」

「誰知道呢。」

和彥輕快地回答。

「眞是出乎意料的不負責任呢。」

「要是事情不順利，到時傷腦筋的是妳，不是我。」

和彥這番冷漠的發言，讓翔香吃了一驚。

「不要誤會，鹿島。我的確會幫妳出主意，認眞對待這個問題。這是因爲我已經跟妳約好了。不過要解決問題的人依然是妳。說我不負責任，可是搞錯對象了。」

翔香咬緊嘴唇。和彥說的很對，但總可以說得更婉轉一點吧？溫柔一點又不會少塊肉。

翔香盯著他再次看向筆記的側臉。

和彥討厭女生的傳聞，該不會是眞的吧？

3

叩叩兩聲，門外有人敲門。

「打擾一下，我泡了咖啡。」

門外傳來若子的聲音。她大概被英介派來偵查。

「……請進。」

「打擾了……啊。」

進房的若子看見坐在書桌前的和彥，顯得有些驚訝。

「啊，不好意思，讓您費心了。」

和彥輕輕點頭答謝。

「小事……你們在用功嗎？」

若子把咖啡杯和碟子放在桌上，一邊詢問。

「不是，是班上有活動，需要決定一些事情。」

和彥藉著整理桌面的機會，巧妙遮住筆記本。

「眞是辛苦呢……對了，若松同學，方便的話，要不要一起吃晚餐呢？」

「不，這樣太麻煩你們了……」

「哪裡的話，我也想趁機了解一些學校的事情。來吧，別客氣。」

「很感謝您的好意，但我沒打算待太久，家裡應該也準備好晚餐了。」

「是嗎？那眞是可惜……下次有機會再一起吃飯吧。」

看來若子對和彥很有好感。

「好的，謝謝您。」

「那你們慢慢聊。翔香，不要給若松同學添麻煩喔。」

若子說完就離開了房間。

「……你剛才可眞乖巧啊。」

明明對自己的態度就很差。翔香想到這裡就莫名來氣。

「對長輩本來就要有禮貌。」

和彥苦笑著端起咖啡杯。

「要加糖嗎？」

「不用。」

和彥直接喝下黑咖啡。

「不苦嗎？」

「咖啡就是要苦吧。」

「還要帥呢。」

翔香在自己的杯子裡加了糖和牛奶。

和彥端著杯子，閒聊似地說道：

「其實我也讀過不少時間旅行的書。無論是聞薰衣草味道的，還是坐車的，或是貓在找門的，我大致上都看過。」

「喔。」

看來和彥不是只會讀書準備考試。

「時間旅行的作品裡，幾乎都會提到一個詞，那就是時間悖論。」

「就是如果回到過去，殺了自己的祖先會怎麼樣的那個？」

「沒錯。對於時間悖論的處理方式，根據作品會有不同，但基本上分成兩種。」

「只有兩種？」

「大致來說，就是兩種。也就是認爲『過去可以改變』，或者是認爲『過去不可改變』的兩種。」

翔香點了點頭。這樣劃分的話，確實只有兩種。

「如果是認爲『不可改變』的作品，歷史就會透過所謂的『自我修正』，修正被改變的過去；或是到最後發現看似遭到改變的過去，其實才是正確的歷史。」

「嗯嗯。」

「而認為『可以改變』的作品中，一旦改變過去，歷史——或者說『時間的流動』就會重新構建。坐車的那部就是這類作品的代表。」

「嗯……那若松同學覺得哪種才對呢？」

「如果時間旅行眞的存在，那肯定是『可以改變』。」

「你這話說得可眞是篤定。」

「畢竟這不是理所當然嗎？又不是只有殺死祖先才會改變過去。時間旅行者光是回到過去，就已經對過去造成改變。畢竟地球上多了一個人的質量，氧氣消耗量也會增加。」

「那也算改變過去嗎？不過就這點小事而已？」

「無論小事與否，改變就是改變。誰又能決定哪種程度的改變可以忽略，哪種不行？又是哪種力量會試圖阻止『改變過去』呢？」

「如果眞有那種力量，物理學家就得從頭開始構想統一理論了。」

「不就是歷史的『自我修正』嗎？」

和彥冷冷反駁。

「……這樣的話，我已經改變過去了嗎？」

翔香已經兩度回到過去，按照和彥的說法，應該會造成改變。

然而和彥搖了搖頭。

「不，妳的情況有點不同。」

「怎麼說？」

「妳等我一下。」

和彥放下咖啡杯，打開剛才的筆記本。接著他開始在空白的頁面上，畫下類似棒狀圖的圖表，不時還回頭參照剛才寫下的筆記。

「你在畫什麼？」

「妳的時間表。」

和彥筆下不停地簡短回答。

他先寫下「星期二」，用圓圈圈起來，然後往旁畫出一條橫線。

接著他寫了「星期三」，同樣用圓圈圈起來，畫出與第一條線平行的第二條線，並在中間標註「午休（花盆）」。

「星期四」的線條在半途中斷，並被標註「放學後（摔落樓梯）」。

「星期五」的線條則是在「回家途中（車）」的地方中斷。

接下來，他從「星期三午休」畫了一個箭頭，指向「星期四早晨」，同樣再從「星期四放學後」，畫出指向「星期三午休（花盆）」的箭頭。「星期三晚上」的箭頭則是連向「星期五早晨」。他再從「星期五回家途中（車）」，畫出指向「星期四放學後（摔落樓梯）」的箭頭。

最後他在「星期四放學後（摔落樓梯）」的線條後面，再追加一段線條，並寫下「星期四晚上」。

「這裡就是妳的『現在』。」

「……嗯。」

翔香盯著這個時間表，和自己的記憶對照，點了點頭。

「這樣看來，妳不覺得所謂的時間旅行，講得不太準確嗎？」

「爲什麼？」

翔香歪頭詢問。

「妳仔細看看。妳確實在時間裡前後移動，但沒有重複經歷同一段時間。」

「……是啊。」

他說得沒錯，時間表上沒有任何重疊。

「但是——」

「還有一點。」和彥打斷了翔香，繼續說下去。「這一點妳可能不清楚，但妳的身體並沒有移動。」

「什麼？」

「我曾經兩度……不，應該是三度見證妳『過去』和『回來』的瞬間。妳的外觀沒有變化，妳的身體也沒有發生消失後再出現的情形。」

「什麼意思？」

「也就是說，妳的時間旅行只發生在妳的大腦裡。」

「……」

翔香快快不樂，覺得和彥又要得出這一切只是錯覺或妄想的結論。

「我不是那個意思。」和彥彷彿讀了翔香的心思，搖頭否認。「我想說，現在的妳的意識和身體，並不在同一個時間流裡。妳的身體在正常的時間流中，如果在星期二受傷，星期三就會有傷痕。如果是輕傷，星期四的時候，傷可能就快好了。然而，妳的意識並不是按照這個順序經歷時間。妳會在星期三對傷口的存在感到吃驚，回到星期二的時候，才會意識到原來是這時受的傷。」

「……嗯？」

翔香姑且點了點頭，但還是沒什麼概念。

「該怎麼解釋呢……比如說看電影，如果按順序看，就能毫無負擔地隨著發展理解故事。不過如果把膠卷拉出來剪成片段，再亂序拼接起來，會怎麼樣？故事就會失去前後脈絡，讓人搞不清楚情況，對吧？」

「啊。」

「妳的『意識時間』——這是我隨便造的詞——因爲某些原因，脫離了正常的時間流，結果隨機地從明天跳到昨天，從前天跳到後天，而進行時間跳躍的只是妳的意識。不然原本穿著制服，待在學校的妳，可能下一瞬間，就穿著睡衣出現在這裡——」和彥比劃了一下翔香的房間，然後繼續說：「——這種事根本不可能，除非時間旅行能力還包含瞬間移動和換衣服。」

翔香對比自身的體驗，覺得和彥的假說很有說服力。

「有道理。」

翔香意會過來，所以星期五的和彥才會說無法帶著作弊小抄回到星期一。

「總之……我們就把這種情形稱爲『隨機時間跳躍』吧。」

「這名字感覺有點長。」

聽到翔香的批評，和彥苦笑。

「那就簡短一點，叫『時間跳躍』好了。總之我想和『時間旅行』有區別。」

「你是指……不會重複體驗同一段時間的區別？」

「這倒是其次。重點是只有妳的意識會在時間之間移動，移動到的地方必須有對應的身體，所以妳無法重複渡過同一段時間。」

「嗯……」

翔香還是有點不明白。

「這樣說吧，意識和身體……」和彥舉起雙手的食指，並列在翔香面前。「它們是一對一成對地體驗時間，不會出現只有意識或身體的情形，也不會出現一個身體配兩個意識的情形。因此妳不會重複體驗同一段時間，也無法移動到幾百年前，因爲當時妳的身體不存在。妳的時間跳躍需要一個沒有意識的身體在目標的時間點上……妳明白了嗎？」

「……也就是這個時間表上的空白部分，例如『星期一』之類的。」

也許包括未完成的「星期五」後半部分。

「沒錯。所以如果妳的記憶從上星期到這個星期天是連貫的，那麼妳就無法回到這個星期一以前的時間。」

和彥補充說明後說下去：

「這就是爲什麼我說『妳的情況有點不同』。因爲妳的移動不是物質性的，所以質量和氧氣消耗量沒有改變。因此即使妳跳回過去，並不會就此改變過去。」

4

「好了，說到這裡，假設這個理論是正確的，我們繼續探討的話——」

「你等一下。」

翔香打斷了和彥。

「怎麼了？」

「雖然這個理論很有說服力，但可以這麼輕易就認爲這個理論是正確的嗎？如果錯了怎麼辦？如果要進行科學驗證，應該要採取實證主義的態度吧？」

翔香沒記錯的話，科學驗證是和彥自己在星期三說的話。

翔香並不是想對和彥的理論挑毛病，但這對她來說事關重大。要是和彥僅憑「大概」或是「應該」的態度來推論，翔香可無法接受。

只見和彥苦笑著回答：

「畢竟我又不是要在學術會議上發表……而且基本上，這類問題要堅持實證主義，本來就不太可能。」

「……爲什麼？」

「妳想想，我們現在討論的是過去能否被改變的問題。」

「嗯——所以呢？」

「即便我們做實驗，嘗試改變過去，我也無法解析實驗結果。」

「爲什麼？憑若松同學的頭腦，不論任何難題都輕鬆解決吧？」

翔香半開玩笑地說，但和彥認眞地搖了搖頭。

「這不是能力的問題。物理上，或者說立場上，只要我還在正常的時間流裡，我就不可能辦到。」

「什麼意思？」

「不明白嗎？」

「完全不明白。」

「假設妳回到過去，引發了改變歷史的大事件。比如妳讓信長知道了光秀的背叛。」

「你不是說沒辦法回到那麼久以前嗎？」

「打個比方而已。這樣一來，本能寺之變就不會發生，時間會重新建構，日本的歷史會大幅改變。即使妳回到現代，這個『現代』可能也不會有我。即便有一個和我一模一樣的『若松和彥』，他也不會知道本能寺之變。」

「……」

「也就是說，即使妳改變了過去，知道過去遭到改變的人，就只有身處時間流之外的妳。對於沒有妳那種特殊能力的我而言，我只能得知『改變前的過去』或『改變後的過去』的其中一種，無法進行比較，因此也無從分析。」

「如果我告訴你呢？」

「妳說什麼？」

「你不是說我能察知變化嗎？這樣我就可以告訴你差異，這樣你就能分析了吧？」

然而和彥搖了搖頭。

「我是做不到的。」

「爲什麼？」

「因爲到時的『若松同學』不會是我。」

「……什麼？」

「如果爲了實驗而改變過去，用這個星期一爲例好了。」

「呃，嗯……」

「那樣的話，從那個『時間點』開始，時間會重新構築。妳遇到的是重新構築的時間軸的『若松和彥』，不是現在身處此地的我。」

「……有什麼不同嗎？即使時間重新構築，若松同學不還是若松同學嗎？」

「基本上是一樣，不過有時光是一點小事，就足以改變一個人的價值觀。那個『若松和彥』完全有可能不肯聽妳說話。」

「……只要不做太大的改變，不就好了嗎？」

「要怎麼決定什麼程度算大，什麼程度算小？雞毛蒜皮的小事也能引發大事件。北京的蝴蝶搧動翅膀，也能改變紐約的天氣。」

「怎麼可能。」

「這是眞的，是個叫混沌理論的理論。」

和彥一臉認眞地回答。

「那是什麼？」

「混沌理論是一個數學理論，研究複雜系統內的不可預測性。如果妳想知道得更詳細，我可以說明給妳聽。」

「……還是算了。」

翔香搖頭回絕。數學進修的話，光是「明天」的考前準備就夠讓她頭疼了。

「簡單來說，就是過去無法改變？」

「也不能說『無法改變』，而是『最好不要改變』。改變過去的話，不管多小的事，都有讓『現在的我』變成『另一個我』的風險……簡單來說，就只是個方便性的問題。如果『現在的我』消失了，妳很傷腦筋吧？所以最好不要改變。就是這樣而已。」

因爲會造成自己的不方便，所以不能改變過去。雖然是很自我中心的主張，但很有說服力。

「如果妳打算自己解決一切，則不在此限。不論妳想改變過去，還是打算重新構築時間，都隨妳高興……老實說，妳要是願意這麼做，我也樂得輕鬆，十分歡迎。」

和彥調侃地望著翔香。

「……還是不改變好了。」

翔香回答。獨自一人的話，她根本不知道怎麼做。對翔香而言，和彥不可或缺。

5

「可是……眞奇怪。」

翔香歪著頭。

「哪裡奇怪？」

「根據你的說法，我的情況不是『時間旅行』，對吧？只是經歷時間的順序不同。」

「沒錯。」

和彥點了點頭。

「那這樣也算『過去』嗎？比如說，經歷『這個星期一』的我，應該是以後的我吧？這樣的話，不就是『未來』嗎？」

和彥揚起微笑。

「這就是妳這種『時間跳躍』的特異之處。對妳來說，星期一是未來，但對我來說，星期一是過去。反過來說，星期五對妳來說是過去，但對我來說是未來。」

「嗯——」翔香確認了時間表。「……沒錯，確實是這樣。」

看到翔香點頭，和彥繼續道：

「也就是說，『我的過去』和『妳的未來』，以及『妳的過去』和『我的未來』，是一體的。基於之前的原則，即使星期一對妳來說是未來，也最好不要改變它。」

「可是……不改變未來是什麼意思？還沒有發生的事，要怎麼樣才能不改變呢……」

翔香一邊說著，突然意識到：

「啊，對喔。對若松同學來說，那是過去。若松同學知道我的『未來』。」

沒有時間跳躍能力的和彥能夠知道『未來』確實很怪，但以時間表來看又的確如此。

和彥點了點頭。

「如果妳指星期一的事情，那我知道。雖然僅限於妳在學校的時間，而且也只有兩、三件事而已……畢竟星期一的時候，我沒有特別注意妳。」

「那……你現在特別注意我？」

翔香仰望著和彥問道。

「當然，畢竟我需要蒐集資料。」

翔香本來期待別的反應，但對和彥抱有期待顯然是她不對。她無奈地回到正題。

「那就告訴我你記得的事情吧。我會按同樣的方式行動。」

爲了「不改變星期一發生的事情」，她須知道「星期一發生了什麼」。

和彥看著她，流露出戲謔的神情：「可是這些事情是妳做的，或者說是妳未來會做的。即使我不告訴妳，到了那時候，妳應該也會有同樣行動吧？」

「是這樣嗎？」

「同一個人在同樣情況下，應該會有同樣判斷和行動。一般來講，完全相同的情況不可能存在，但現在這種局面，情況會完全相同。妳只要按照自己的判斷行動，結果應該會和我的記憶一致。」

聽到和彥這麼說，翔香也開始這麼覺得。

「但是……我還是覺得先知道比較好。如果知道『正確答案』，就能按照答案行動，心裡也踏實一點。」

「這也是一個辦法……但我有點擔心，妳太過緊張，反而失敗……」

和彥的語聲突然中斷。

「嗯？怎麼了？」

和彥注視著吃驚的翔香。

眼鏡鏡片之後凝結著堅定銳利的目光。和彥顯然進入了「思考模式」。

「原來如此……是這麼一回事啊……」

凝視了幾秒鐘，和彥的表情稍微柔和。

「嗯？」

「我終於明白爲什麼明天的我會對妳進行資訊管制……這樣的確更好，更安全。」

「不要自顧自結論啊。」

翔香抱怨，和彥轉向她解釋：

「就是——剛才不是說『同一個人在同樣情況下，應該會有同樣判斷和行動』嗎？」

「嗯。」

「爲了不造成時間的重組，妳必須『做出相同行動』。然而，預備知識可能改變妳的判斷，即使在『同樣的情況』下，行動也可能改變。」

「所以才不告訴我『未來』？」

「這樣比較保險。」

和彥點了點頭。

6

「這樣想想，預言這東西基本上具有『必然錯誤』的性質。聽了預言——有了『預備知識』，判斷會改變，行動也會改變。行動結果改變，未來也跟著改變。」

「但這樣不就不叫『預言』了嗎？」

和彥笑了。

「是啊。不過像天災這類『人類無法改變』的事情，應該就沒問題。或用一些抽象的表達方式，讓人事後才明白『原來當時是這個意思』。」

「原來如此……」

因此世上流傳的預言書才會充滿了難以理解的敘述。

和彥的解釋很有說服力。經過他說明，翔香也理解明天（星期五）和彥話語的含義。

「預言（預備知識）」基本上會創造出「不同的未來」；但如果採取和「預言中自己未來行動」相同的舉止，就不會改變未來。「翔香在數學考試中拿滿分」這個「預備知識」一旦存在，翔香就無論如何都要拿滿分。否則「翔香的未來」會改變，同時「和彥的過去」也會跟著改變。

然而這讓翔香產生了一個疑問。

「等等……那若松同學怎麼辦呢？如果我必須在星期一做『相同的行動』，那你不也須在星期五做『相同的行動』嗎？」

「沒錯，對妳來說，『星期五晚上以前』已經是過去了。」

「可是我已經告訴你星期五的事情，給了你預備知識，該怎麼辦呢？」

和彥滿意地笑了笑。

「這是一個好問題。看來妳有好好理解我前面的說明。」

「……」

和彥那高高在上的態度讓她有些不爽，但翔香還是按捺住脾氣。

「的確，我現在有了多餘的知識。如果放置不管，我可能會有『不同的行動』。因此我們只能採取次佳的方法。」

「次佳的方法？」

「就是妳剛才想採取的方法：按照已知事實造成已知事實。雖然這樣做有時間重組的風險，也很麻煩，但我們只能試試看。」

「失敗了怎麼辦？」

「就是妳會傷腦筋。」

「……」

看著悶悶不樂的翔香，和彥朝她笑了笑。

「沒問題，事情會順利的，我也會努力保證這一點。」

7

和彥為了解決翔香的「時間跳躍現象」，提出了一些必要條件。首先是這一項：

○不能改變過去。

一旦改變過去，就會導致時間重新構築。

和彥已經聽過翔香的經歷，並從中獲取資訊，試著掌握整體情況。不過時間的重新構築可能會改寫這些資訊，甚至造成和彥本身的「改變」。

因此無論如何，都要避免改變過去。

原則上，自己無法改變「自己的過去」，因為那是過去的時間。但翔香可以在「翔香的未來」改變「和彥的過去」，和彥也可以在「和彥的未來」改變「翔香的過去」。

因此實際上是這樣——

○不能改變未來。

爲了達到這個目標，究竟要怎麼做呢？從「相同的人在相同情況下，會做出相同判斷，並採取相同行動」這個定理來推斷的話，即會得出以下結論：

○避免持有預備知識。

這樣就會做出相同判斷，並採取相同行動。

如果已經擁有了預備知識，又該怎麼辦？

○需要刻意按照「預備知識」，採取「相同行動」。

這些條件實在太過麻煩，讓翔香煩躁。不過更令翔香心煩的是，這些不過是必要條件，只是爲了「保持現狀」而採取的措施，並不能改善情況。

不過這也無可奈何。既然翔香需要和彥幫忙，不管多麻煩，她都須達成這些條件。

「話說回來，鹿島，其實妳已經有一些『星期一的預備知識』，所以關於那些事情，妳必須嚴格地加以重現。比如說這本日記，還有最重要的——」

翔香聞言點頭。

「你是說數學考試吧。星期一的時候，我必須去考數學，而且全都要答對。」

「沒錯，妳理解得很對。」

「為了準備考試，我明天可是要接受魔鬼訓練。」

「那倒是……如此一來，今天就不用先準備了。」

和彥看著先前的筆記說道。

「這樣就變成了今日事明日畢吧。」

和彥輕笑出聲。

「這句話說得真妙。」

「是你自己說的，說這句諺語正好適合現在的我……啊！」

翔香急忙捂住嘴巴，但已經於事無補。

「所以明天的我會這麼說嗎？」和彥一臉苦澀地回應。「還真是多謝妳，增加了我更多要做的事情。」

「對不起。」

「算了，反正事到如今多一兩件沒什麼區別。」

和彥無奈地說。

「我會注意的……不過這樣很奇怪呢？」

「哪裡奇怪？」

「我剛才說出口了，所以『明天』的你就不得不說出『今日事今日畢』，對吧？」

「嗯。」

「可是我是在『明天』從你口中聽到，所以我才會想起來……那麼最初說出這句話的人到底是誰呢？」

「是我。我說出口後由妳聽到。如果妳剛才沒說溜嘴，事情就這麼單純。只是現在妳已經告訴了我『預備知識』，爲了不讓時間重組，我須在『明天』刻意說出這句話。」

「嗯……」

翔香好像理解了，又好像哪邊不對勁。不過她愈想，腦袋就愈亂。所以她決定放棄，把這些複雜的事情交給和彥。

「回到考試的事情吧。」

「嗯。」

「明天妳要準備考試，首先讓我看看妳的成果。」

「還要再來一次？」

「對妳來說，可能是再來一次，但我還沒看過。」

和彥把書包拿過來，從書包裡拿出數學考卷。

「……你還特地帶來了？」

和彥的準備太過周到，翔香有些驚訝。和彥苦笑以對：

「今天考卷才發回來檢討，當然會帶著啊。」

說起來，「今天」其實是星期四……

翔香聳了聳肩，再次認知到自己的時間感已經完全錯亂。

「那麼我來計時，開始吧。」

「好好好。」

翔香接過考卷坐在桌前。她對這份考卷已經非常熟悉。她快速地寫下答案，又重新檢查一遍，甚至爲了保險起見，再次核對一遍，整個過程不到三十分鐘。

「寫好了。」

「這麼快？」

和彥驚訝地接過當作答題卷的活頁紙，開始批改。

翔香每一題都答對，拿到滿分。考慮到當初花費的時間和努力，這是理所當然的成果。

「眞了不起，我對妳刮目相看了，鹿島。」

「……謝謝。」

和彥大力稱讚，翔香卻心情複雜，因爲她知道明天的和彥目睹翔香的程度有多差，會有多麼目瞪口呆。

「數學考試還是早日解決比較好。」

翔香也想早點卸下肩上的重擔，對此沒有異議。

「不過即使想這麼做也做不到。我無法隨心所欲前往想去的『時間』。」

「是啊……不過我在妳寫考卷的時候想了一下，妳的『隨機時間跳躍』似乎有一定的規律性。」

8

「你說什麼？」

翔香驚訝不已。從時間表來看，翔香的跳躍完全隨機，根本看不出規律。

「我這就來說明……不過，在此之前，我能提出一個奇怪的要求嗎？」

和彥詢問。

「什麼要求？」

「麻煩妳把椅子稍微往後拉，把雙腳放在桌子上。」

「什麼？」

翔香直直盯著和彥看。

「別管那麼多，妳就照我說的做。」

「這樣很沒禮貌啊，而且我還穿著裙子……」

「用膝蓋夾住裙襬就行了，拜託了。」

「……可是爲什麼？」

「我待會再解釋，來吧。」

「……好吧。」

翔香不知道和彥打算幹什麼，但見他一臉認眞，翔香乖乖照做。

「接下來把椅子向後傾斜。」

「這樣？」

翔香把重量靠在椅背上，讓椅子向後傾。椅子的前方兩支椅腳懸空，讓椅子不太穩定，但翔香的雙腳搭在桌子上，所以還能保持平衡。

「對，像這樣……像搖椅一樣，很有趣吧？」

「有趣是有趣……這有什麼意義？」

「待會告訴妳，妳先保持這個姿勢聽我說。」

「……好。」

和彥將剛才的時間表遞到翔香面前。

「仔細看看這張表，告訴我。妳跳躍的時候，通常是在什麼狀況？」

翔香接過時間表，用兩手攤開。

「遇到恐怖事情的時候吧？但睡著的時候也有發生跳躍……」

「不，妳的想法沒錯。因爲睡著時的跳躍，應該要視爲『返回』。」

「『返回』？」

「我雖然還不確定……但要提前渡過未來的時間，應該是一件很困難的事情。所以一有機會，就會透過『返回』來塡補被跳過的時間，也就是時間表上的空白時間。」

「誰來塡補？」

「妳自己，說不定是妳的潛意識。」

「哦？」

「我們現在來看看妳『返回』到『跳躍後的時間』的情況。在什麼情況下，『返回』才會發生呢……妳怎麼想？」

「應該是經歷過隔天之後……吧？」

和彥點點頭。

「更準確地說，是在『恐怖的事情』沒有對妳造成傷害之後。」

「？」

「當有『恐怖的事情』發生時，妳會爲了逃避，跳到未來。當妳意識到不用逃避也沒事的時候，妳就會『返回』。這通常發生在下一次跳躍，或當妳睡著放鬆的時候。」

「可是……等一下喔。星期三晚上我睡著後，就直接跳到了星期五早上。我明明沒遇到什麼可怕的事情，就直接跳到未來了。」

「那是因爲星期五早上是最近的『安全』時間。對於『星期三晚上』的妳來說，『星期四摔落樓梯』很可怕，導致妳不敢去星期四。但當妳在星期五早上，聽到我說『我會接住妳』之後，妳的恐懼消失了。所以下次跳躍時，妳就成功地前往了『星期四摔落樓梯』的時間點。」

和彥的解釋條理清晰，翔香不得不信服。

「原來如此……所以？」

「我要稍微違背剛才原則，告訴妳星期一的情況。星期一應該沒有太大的危險。」

「眞的？」

「是的，妳上學既沒遲到，上課也顯得非常正常。妳沒有理由避開星期一。」

「那爲什麼我一直沒辦法去星期一呢？」

「這我就不知道了，但我確定星期一沒有危險。所以如果妳相信我的話，下次跳躍時，妳應該就能夠到星期一了——妳相信我嗎？」

「誰知道呢，我是可以『假裝相信』你一下啦。」

翔香斜眼盯著和彥。

「這算是禮尚往來嗎？」

和彥苦笑。

就在這一瞬間，翔香感到身體突然浮起來。不對，她是摔倒了。翔香失去平衡，連同椅子一起往後倒。

所以我才討厭這個姿勢啊。翔香在腦中一角抱怨，同時準備迎接摔落的撞擊。

9

翔香頭痛得像裂開一樣，後腦杓陣陣作痛。

她用雙手捂著後腦杓，感覺到後腦杓腫了一個包。

「好痛……」

她皺著眉頭起身。

她人在床上。

和彥不在。

早晨的陽光從窗外透進房間。

「我……跳躍了嗎？」

翔香起身，穿著睡衣下樓拿報紙。英介似乎還在睡覺，早報還在門口旁的信箱裡。她拿出報紙，攤開一看。

星期一。

正如和彥的預測，翔香成功跳到星期一。

「眞厲害……」

翔香讚嘆，然後才後知後覺地意識到，剛才的事情並非意外。和彥爲了讓她跳到星期一，才故意要求她擺那個奇怪的姿勢，好讓她遭遇「恐怖的事情」。椅子會倒下，很可能是和彥搞的鬼。

「那傢伙……」

翔香一臉悶悶不樂。即使跳躍需要遭遇「恐怖的事情」，也應該有別的辦法可想吧。害翔香的頭狠狠撞到地板，疼得受不了。

「咦？」

翔香疑惑地歪頭。她是在星期四撞到頭，不應該在星期一感到頭痛。「疼痛」應該屬於身體，不是意識。

回去後得問問若松同學。

翔香思考著，拿著早報走進廚房。

若子和往常一樣在廚房。如同每個早晨，若子切菜作早餐，手中菜刀咚咚作響。

「早啊，怎麼了？」

回頭的若子吃驚地看翔香。

每天要早起作早餐和便當，到了傍晚又要作晚餐，中間有空的時候還要洗衣打掃。即使這就是主婦的工作，想必還是會厭煩，但若子從來沒有表現出來，真是了不起。翔香心想。等這段時間過了，我應該多幫忙做家事。翔香在心中這麼決定，同時搖頭回話。

「不，沒什麼……」

翔香的頭突然一陣劇痛，讓她皺起眉頭，反射性地用手捂著頭。

「怎麼了？頭痛嗎？」

「嗯，有點。」

「難道不是宿醉嗎？」

若子半開玩笑地說。

現在還不知道呢，翔香在心中回答，根據最近的經驗法則，決定不予理會。

10

翔香上學了，迎接長久以來都是一片空白的星期一學校生活。

她頭痛得厲害，其實很想請假，但她得完成這次特地來星期一的目的才行。

天氣秋高氣爽，如果不是後腦杓的鈍痛，應該會是清爽的一天。

翔香抱著陣陣作痛的頭，終於來到學校。她在校舍門口發現了和彥。他還是老樣子，制服穿在他修長的身上顯得十分好看。連領子的鈕釦都扣起來，這非常有和彥的風格。

「早啊，若松同學。」

她向和彥打招呼，和彥回頭看翔香。

「喔……早……」

和彥一臉困惑地回道早安，隨後轉身離去。

翔香意識到自己的態度過於親暱。

現在是星期一。如果是星期四，或者起碼星期三以後的和彥，或許會有些不同的反應，不過無法期待星期一的和彥。

——畢竟星期一的時候，我沒有特別注意妳。

和彥的話浮現在她的腦海中，讓她有些寂寞。

重頭戲的數學課是第二節課。數學老師海野久子走進教室，兩手抱著一疊考卷。

「今天我們要進行一個小測驗。」

「突擊測驗？」

「太狠了啦。」

海野無視抗議的聲音，開始分發考卷和答題卷。

「要是早點講，還能準備一下啊。」

班上還傳出這樣的抗議。因爲第一節英文讀解課的中田老師請病假，改爲自習。

翔香深呼吸一次，心想終於要面對了。

她必須完美答題，拿到滿分，不然「幫助翔香的和彥」就會消失。

翔香已經準備充足，只要避免粗心大意就行了。

11

「考得如何？」

考試結束，優子轉過上半身問翔香。

「還不錯……吧？」

翔香回答。她筋疲力竭，彷彿用盡全身力氣，可見她剛才多專注。她檢查了一遍又一遍，即使這樣還是心有不安，最後甚至連寫得有點醜的數字，或是歪掉的算式都開始在意而重寫修正。

不過翔香的努力確實有成效。她相信自己一定拿到滿分。

翔香心中充滿了對和彥的感激。要不是和彥花了半天時間，澈底幫她個人輔導，就算太陽打西邊出來，她也考不到滿分。

等等喔？翔香疑惑地歪頭。

和彥的個人輔導難道不是因爲他有「預備知識」嗎？這樣不會造成時間重組嗎……

翔香不安了起來，但仔細一想，她意識到事情並非如此。

因爲「拿到滿分的過去」先於一切，和彥才不得不進行個人輔導，否則翔香根本不可能拿到滿分。也就是說，爲了「按照已知事實造成已知事實」，個人輔導是必要的。

和彥總是如此滴水不漏。

然而——

「啊！」翔香不由得驚呼出聲。

「怎、怎麼了，翔香？」

優子驚訝地問，但此時的翔香無心回應。

她突然意識到一個和彥的錯誤，就是星期四的樓梯摔落意外。

當時和彥接住了從樓梯上摔下來的翔香，避免她受傷，然而這其實是個錯誤。

個人輔導就算了，這本來就必須要做。

不過如果要「按照已知事實造成已知事實」，和彥應該要讓翔香摔下來。和彥知道「翔香會摔下來」，所以決定「接住翔香」，這正是預備知識改變了他的判斷。

時間遭到重組了。

雖然翔香還不太清楚哪裡變化，不過時間流應該已經重新構築了。

相反地，如果時間流沒有重組，就代表和彥的理論有誤。

無論哪種情況，都不能放著不管。

「我得趕快回去才行！」

翔香猛然從椅子站了起來。

「……回去哪裡？」

優子驚訝地抬頭看著翔香。

到底怎麼回去？

第三節課是體育課，翔香需要時間思考，因此聲稱身體不舒服，待在場邊休息。事實上，翔香的頭很痛，所以也不算裝病。

翔香待在體育館角落，盯著同學打排球，苦苦思索。

爲了回去，也就是爲了時間跳躍，她必須遇到「恐怖的事情」。但她要怎麼自己製造這種情況呢？

從屋頂跳下去之類的方法不能用。這樣雖然可以成功跳躍，但留下的身體會受到無法估量的傷害。

「危險」雖是必要，但是「危險」不能眞的對翔香造成危害。

如何平衡這兩個矛盾的命題呢？經過深思熟慮，翔香終於想出方法。

「危險」是必要的，但同時要準備保護自己的東西。更準確地說，是翔香認爲「應該能保護自己」的東西。一定會保護自己的東西是不行的。雖然不一定能夠保護翔香就可能產生風險，但會讓翔香安心無虞的保護也沒有意義。「應該能保護自己」的「應該」正是關鍵。

「果然還是得靠若松同學……」

翔香自言自語。

男生這節體育課似乎在踢足球。第三節課結束，滿身塵土的男生來到校舍門口換鞋。
翔香站在樓梯旁，等著和彥過來。
不久，和彥身穿運動服，從入口處上樓。
和彥經過翔香，踏上樓梯。二年二班的教室是在二樓，他必然會經過樓梯。
時機成熟了。
翔香飛快跑上樓梯，超過和彥之後假裝腳滑，向後倒下去。和彥「可能」會接住她。
——拜託，要接住我喔。
翔香感受著身體的浮游感，暗自祈禱。

12

仰頭望去，和彥的臉以天花板爲背景，出現在翔香眼前。
「妳是從什麼時候來的？」
「……從星期一來的。」
聽到翔香回答，和彥露出得意的笑容。
「看來很順利呢。」

翔香注意到自己還坐在椅子上，和彥的手臂撐著椅背，在她倒地前接住了她。正如翔香所想，和彥也考慮了如何帶來「危險」而不造成「危害」。

後腦杓的疼痛已經消失。頭痛顯然是星期一的疼痛。

和彥用力扶著椅子，把翔香坐著的椅子恢復原位。

「考試應該考得不錯吧？不對，我這是多此一問。要是考得不好，我現在就不會在這裡了。」

「不是這個問題，若松同學！你有地方沒注意到！」

翔香驚人的氣勢讓和彥有些吃驚。

「妳指什麼事情？」

「星期四的事情。」

「也就是今天的事情囉。」

對於翔香來說，「星期四摔落樓梯」已經很久以前了。但對於「現在的和彥」來說，僅僅是兩、三個小時之前的事情。事情還是老樣子，複雜得要命。

翔香向和彥解釋了她的發現，和彥的表情嚴肅起來。

「原來如此……聽妳這麼一說，確實如此。我應該讓妳摔下來才對……」

「對吧？」

翔香挺起胸，感覺自己成功說服和彥，讓她有點得意。

「但是……即便如此……」和彥盯著翔香。「如同之前我說的，我無從確定變化。從妳的觀點來看，有注意到什麼變化嗎？該說是未來，還是過去呢……簡單來說，就是『這個時間』發生的變化。」

「關於這一點……其實我不確定。」

翔香並未掌握所有情況，自然無法斷言。

「是嗎……如果是不明顯的變化，或許無所謂……不過還是讓人擔心。」

「難道不會有什麼『自我修正』之類的東西嗎？」

「不可能。應該有更合理的解釋……」

和彥注視著翔香，兩眼炯炯有神。看來他又進入他所謂的「思考模式」了。每次都這樣，即使知道和彥並不是在看自己，翔香還是有點坐立難安。

過了一會，和彥搖了搖頭。

「沒辦法，還是弄不清楚。不過我也不認爲我的想法完全錯誤。」

「但是——」

「是的，確實有矛盾，或者說是無法完美說明的地方……不過似乎也有辦法解釋，雖然還差一點……」

和彥皺起眉頭，兩指併攏敲打額際。此刻他感受到的焦躁感，想必就像是隔著起霧的玻璃，試圖看清玻璃後方的景色。

「還需要一些時間，晚點再說好了。現在先告訴我星期一的情況。」

「好吧。」翔香聳了聳肩。不管怎樣，建構理論對她來說還是太難了，只能依賴和彥。

和彥一邊做筆記，一邊聽翔香報告。

關於疼痛的後腦勺，和彥雖然不解，不過聽到翔香故意摔下樓梯進行時間跳躍時，他小小地笑了。

「我就知道。」

「什麼？」

翔香吃了一驚，然後意識到現在的和彥自然會知道星期一的事情。她隨後開始不安，擔心自己急著通知和彥，結果自己也改變了「星期一」。

事實並非如此。

「昨天——也就是星期三的午休……我不是在保健室說過嗎？妳確定妳從樓梯上摔下來不是星期一的事情嗎？」

「啊！」

翔香驚訝地張大了嘴。當時她以為和彥開玩笑，原來不是。

正如和彥所說，翔香自主的行動最終會與和彥的記憶一致。和彥的理論果然正確。

「所以這次這樣做沒問題……不過啊，鹿島。」

「什麼事？」

「妳大可悠哉渡過星期一，沒必要做那麼危險的事呀。畢竟妳只要等到晚上睡覺，應該就能回來了。」

「因爲……我必須趕快告訴你才行呀。」

「所以說，」和彥笑了起來：「不論妳是從第三節課結束回來，還是渡過整個星期一後回來，回來的『時間點』都是這個『星期四晚上』，對我來說毫無差別。」

「啊。」

「明白了嗎？所以妳下次一定要把事情做完再回來。只要時間表上還有空白，妳的時間就無法恢復正常。」

「……爲什麼？」

「因爲在時間表上有空白，就代表妳在『未來』必須渡過那些時間。畢竟任務不可能在未達成目標的情況下完結。」

「也就是說，如果我不要那麼慌張，好好過完整個星期一……然後再過完今天的星期四，時間跳躍現象就會結束？」

「那倒不是。」

「可是這樣一來空白就會消失……」

「不對不對，」和彥搖頭。「『有空白時不會結束』，並不等於『空白消失就會結束』。」

「爲什麼？這不是同一回事嗎？」

和彥聞言嘆了口氣。「看來我還得解釋否命題、逆命題和非命題了……」

13

「是說——我記得妳說星期一早上頭痛，對嗎？」

「嗯，好像還腫了一個包……星期一會是一片空白，難道就是因爲這件事嗎？」

「可能……妳在哪裡撞到的？」

「不知道。」

翔香搖了搖頭。

「妳是什麼時候撞到的？」

「我也不知道……沒有印象。」

「星期一早上，妳應該是從床上開始的吧？」

「嗯。」

「這麼說……就是前一天，也就是星期天。星期天妳做了什麼？」

「嗯？」

翔香被問得有點不知所措。她之前只顧著想星期一之後的事情。

「應該……在家裡吧？」

「整天嗎？妳整天都待在家裡？」

「呃……白天的時候，我在打掃或看電視……啊，傍晚的時候我出門買了ＣＤ。因爲新專輯發售……」

翔香站起來，從架上取出一張ＣＤ。

「看，這就是那張ＣＤ。」

和彥只是瞥了一眼，繼續提問。

「妳是在哪裡買的？」

「在螢光堂，就是市公所前面那條路……」

翔香正要說出具體位置時，和彥打斷了她。

「我知道，就在我家附近。」

「哦，原來你家在那附近啊。在哪一帶？」

「這不重要。告訴我，妳是什麼時候買的？」

「我就說是傍晚嘛。天已經黑了……大概五點半左右吧？」

「那麼妳是怎麼回家的？」

「走路。」

「我問的是路線。」

「就是從市公所走回來，穿過八幡神社之後就會看到堤防……」

「星期天也是這樣回來嗎？」

「對啊。」

「妳確定？」

「因爲這樣走比較快嘛，我向來都是這麼走的。」

「我不在乎妳『向來』怎麼走，我想知道星期天的情況……妳在回家路上發生了什麼事？任何細節都行。」

「呃——」翔香閉上眼睛，依序回憶星期天。「我從店裡出來，往市公所那邊走……CD就拿在右手……」

「然後呢？」

「我就沿著路一直走……然後……就到了神社。我走上神社的石階……」

「走上之後？」

「走上之後……然後……」

翔香突然閉上嘴。

她想不起來。

翔香拚命思索，卻怎麼樣也想不起接下來。

「沒有記憶嗎？」

「嗯。我本來以爲時間跳躍是星期一開始……看來其實是從星期天嗎？」

「可能是這樣，不過有點奇怪。」

和彥注視翔香的雙眼。

「哪裡奇怪？」

「妳能完整記得在這之前，也就是買ＣＤ之前的事情嗎？星期天白天的事，還有之前的星期六、星期五的事。」

「嗯。」

翔香點了點頭。要不然她一開始也不會誤以爲「今天是星期一」。就是因爲她有星期天的記憶，才會產生這樣的誤解。

「這麼一來，妳應該會記得當時發生了什麼。」

「嗯？但如果我進行了時間跳躍，那麼沒有記憶也是正常的吧？」

「不對。」和彥搖了搖頭。「應該是在時間跳躍現象開始之後，才會出現事情『還沒發生』，所以沒有記憶的情形。但我現在問的是時間跳躍之前。說不定這件事就是時間跳躍現象開始的原因。」

「但是……」

「妳應該是知道的。」和彥直視著翔香的眼睛。「妳只是忘了。想起來，鹿島。妳要想起來才行。」

「不行……不行……」翔香雙手抱著頭。「我想不起來……什麼都想不起來！」

翔香難以自已地大叫起來。

14

「我明白了，沒關係。不用勉強自己想起來。」

和彥用溫柔得讓人吃驚的語氣這麼說。

「但那一天，在那個地方一定發生了什麼事。而且那對妳來說一定是非常可怕的事。

妳可能也是在那個時候撞到頭。因為恐懼與那次衝擊，開啓了時間跳躍現象。」

「……」

「而且因為那件事太過恐怖，導致妳下意識拒絕回想。」

「……」

「真是傷腦筋。如果不知道發生了什麼事，就沒辦法讓妳做好心理準備，來面對那份恐懼。這樣妳就無法『返回』那個『時間點』。這麼一來，就無法填補空白，時間跳躍現象也無法結束。」

「……對不起。」

「這不是妳的錯。」和彥微笑道。

他臉上不是平時那種帶有戲謔與諷刺的笑容，而是溫暖柔和的微笑。他或許在顧慮翔香的感受。

「……那天有落雷之類的嗎？」

翔香試著把想到的念頭說出口，只見和彥緩緩搖頭。

「聽起來很像會觸發超能力的原因，但現在可是十月喔，落雷未免不合時節。而且如果真的被雷打到，妳的身體也無法平安無事，不可能好端端坐在這裡。」

「這樣啊……說得也是……」

非常可怕，卻沒有其他傷害（除了後腦杓的腫包）的事情。到底是什麼事呢？

翔香搖了搖頭。爲了自己，也爲了和彥，她無論如何都想記起來，但她抓耳撓腮都難以回想起來。硬要強迫自己回想的話，原本傷已經好了的後腦杓，彷彿又隱隱作痛。

「嗯……」和彥垂眼看時間表，突然像是發現什麼似地問：「明天放學回家的路上，妳好像差點被車撞到，對吧？」

「嗯。」

翔香點了點頭，身體不禁隨著一顫。她快要遺忘的那份恐懼，因爲和彥的話語浮現在她的腦海中。

「妳記得車牌號碼嗎？」

「不記得。」翔香搖了搖頭，帶著些許辯解的語氣補充：「畢竟天色那麼黑……」

「車牌號碼可是設計成即使在暗處也看得清喔。」

「事情發生得很突然——不過你爲什麼問這個？」

「我在想那是不是偶然。」

「什麼意思？」

「我對妳的時間跳躍次數有些在意。」和彥指著時間表說道。

「以一週內來說，『危險』次數是不是太多了？就算不管摔下樓梯的事。」

「你這麼一說，確實如此……你該不會要說，有人在針對我吧？」

翔香本來想開玩笑，但和彥沒有笑。

「有這種可能性。」

「別這樣啦……別嚇我……」

翔香試圖勾起嘴角，但她的臉一陣僵硬。

見到翔香這副模樣，換和彥揚起笑容。

「不過嘛，還只是想像，自己嚇自己的話，未免也太可笑了。妳不用太在意。」

即使聽到和彥這麼說，翔香還是無法安心。

「那你一開始就不要說那些話嘛。」

「對不起。」和彥苦笑。「那麼今天就告一段落吧。」

「你要回家嗎？」

「是啊，時間也不早了。明天……星期五晚上，我們再來談吧。我在那之前會想辦法解決剛才的問題。」

「可是星期五的話……」

和彥正要拿書包，翔香抓住他的制服。

「我知道，」和彥鼓勵翔香似地，堅定向她點頭。「妳在放學回家的路上會差點被車撞到。不過妳不用擔心，到時我一定會在妳身邊保護妳。」

「說得這麼帥氣，你根本不在啊。」

「咦？」

「你丟下我一個人，自己不知道去哪裡了啦！」

「哦，這樣啊。在妳的記憶中是這樣啊……」和彥點頭回應：「不過妳並不知道我去了哪裡吧？也許我就在妳身後，只是妳不知道……」

和彥閉上嘴巴。

「怎麼了？」

到底怎麼了？翔香疑惑地歪頭。只見和彥銳利地盯著她。他又進入「思考模式」。

「原來如此。」過一會，和彥的視線和嘴角都柔和下來。「這樣啊……如果是這樣，倒也可以……」

「你知道什麼了嗎？」

「要是這樣的話……就連這種事……嗯……感覺辦得到……」

「若松同學！你別自己一個人自顧自地懂啊。」

面對焦急的翔香，和彥終於回答了。

「我說的是妳指出的那個失誤。那不是失誤，不需要改。」

「什麼意思？」

「也就是說——不，也等到明天再說。我還需要再琢磨一下，解釋也需要時間。」

15

「打擾到這麼晚，眞不好意思。今天我就告辭了。」

和彥對送他到玄關的若子道別。

「哪裡，有機會再來玩。」

若子笑容滿面地回應。

「我稍微送他一下。」

翔香穿上鞋子。

「嘿，若松同學。」

兩人並肩走在夜晚的街道上。翔香開口。

「什麼事？」

「今晚睡著之後，我會去哪裡呢？我的『明天』會是哪一天？」

通常是星期五早上，只是翔香已經經歷過了。那她應該會再次時間跳躍。

「可能是星期天晚上、星期一剩下的時間，和星期五傍晚……如果都不是，應該就是星期六早上。」和彥回答。「妳會跳躍到這幾段時間中，妳潛意識認爲最安全的時間點。」

「所以最安全的是『何時』？」

「別問我啊。」和彥苦笑著說：「這全取決於妳的判斷。」

「啊，對喔……也是……」

「是啊，我還想問妳呢……不過，」和彥突然嚴肅地停下腳步。「鹿島，能麻煩妳到星期五嗎？」

「什麼？」

「星期五的妳差點被車撞到。對現在的妳來說，星期五應該是最想避免的『時間』。即使如此，我還是想拜託妳去星期五。這對我們大有幫助。」

「可是……我又沒辦法控制……」

「也不完全是這樣吧？剛才妳不是成功從星期一往返了嗎？妳已經成功往返星期一，並不是完全無法控制。」

「那時的確是這樣……」

「鹿島。」和彥堅定地說：「我保證不會讓妳被車撞到。我一定會保護妳。如果妳能打從心底相信我，妳一定可以回到星期五。」

翔香凝視著和彥。

「……眞的嗎？」

「嗯。」

「那再向我保證一次。」

「再保證一次？」和彥露出奇怪的表情，但還是重複了翔香想聽到的話：「我不會讓妳被車撞到。我一定會保護妳。」

翔香粲然一笑。

「我相信你。若松同學是不會食言的。」

「嗯，我會遵守約定……好了，我們回去吧。」

和彥指著翔香家的方向。

「嗯？」

「這次換我送妳回去。要是妳在回家路上遇到歹徒，又進行時間跳躍的話，就會把事情搞得更麻煩。」

「這樣上下學也很危險吧？」

翔香眼神朝上巴巴地望著和彥。

「我明白。在這件事解決前，我會一直留意妳。我明天早上也會來接妳，就像妳記憶中那樣。」

當晚翔香躺在床上專注地祈禱：

「星期五、星期五……若松同學一定會來……星期五、星期五……」

第6章　再次的星期一

1

耀眼的光芒，眼睛一陣刺痛。

緊接著是衝擊。

翔香被撞飛，摔落在地。

車子？星期五？

不過翔香不是被車撞飛。車子衝過來前，有什麼東西先撞到她，把她從路上撞開。

緊急煞車的聲音高亢響起。

翔香跌下堤防，但她並不是獨自一人。她的身體被一雙有力的手臂抱住。

抱住她的人是和彥。他依約救了翔香。

和彥和翔香抱著彼此，一路滾到河邊。

「妳沒受傷吧？」

和彥急促地低語。

「呃，嗯……謝謝。好痛——」

翔香叫出聲來，因爲和彥站起身的時候，隨手讓翔香摔在地上。這個男人眞是一如往常，毫無體貼可言。

「喂，若松同學！」

翔香鼓著臉頰抗議，不過和彥毫不理睬，衝上堤防。

嘰嘰嘰——

從堤防上傳來輪胎與路面摩擦的聲響。接著那輛車突然加速，駛離了現場。儘管沒有人被撞到，不過駕駛想必是怕太麻煩，才不安地逃走了吧。翔香猜想。

和彥盯著愈來愈小的尾燈，眼神險峻得讓人屏住呼吸。

「嗯？」

翔香歪著頭站到和彥身旁，和他望向相同方向。尾燈剩米粒大小，隨即消失。看來車子改變了方向。

「……眞是沒禮貌。雖然沒受傷還好，不過至少應該下車道個歉吧。」

和彥用力發出嘖的一聲。

「妳在說什麼傻話。」

「咦？」

「那輛車把車牌遮住了。」

「……什麼？」

「妳不明白嗎，鹿島，這代表著什麼！」

和彥緊握著翔香的雙肩。

「好痛……」

翔香掙扎，但和彥並未放鬆力道。

「對方是故意的。那輛車一開始就打算撞妳！」

「什麼？」

「星期三的花盆也是，事情已經清楚了。有人盯著妳，想要妳的命！」

「騙……人……」翔香不敢相信。

有人想殺她？而且這個人還能夠自由進出學校？學校裡有殺人犯？

「騙人……這不是真的……」

翔香用顫抖的聲音一再喃喃低語。

2

「連續兩天上門打擾，真的很不好意思。」

「沒關係，不過……怎麼了，翔香？妳是不是又不舒服了？」

若子皺眉看著臉色蒼白的翔香。

「有輛車橫衝直撞，差點撞到她。」

和彥解釋。

「哎呀……妳沒受傷吧？」

「嗯……我沒事……」

類似的事情之前也發生過呢。翔香想起星期三的事，點頭回應。

進了房間後，翔香坐在床邊，覺得提不起幹勁，就連開口也感到費力。

和彥在房門旁邊放下書包和一個紙袋。接著他將窗戶打開一條小縫向外張望。從河邊到家裡一路上，和彥也都像這個樣子，警惕對方捲土重來。

沒發現什麼可疑人物，和彥關上窗戶和窗簾，轉身看翔香。

「平靜下來了嗎？」

不管胸中思緒多洶湧，和彥的語氣依舊平靜如常。

「嗯……不過……」翔香按著額頭說：「沒想到有人想殺我……」

翔香不禁渾身一顫。

「冷靜下來。」

這簡單的一句話頓時舒緩了翔香的焦慮，連她自己都覺得不可思議。

翔香抬起頭詢問：

「當時……一直跟著我的人，果然是若松同學嗎？」

「嗯。」和彥點頭，然後小聲笑了起來。「妳突然跑起來，可眞是讓人傷腦筋。害得我氣喘吁吁。」

「……謝謝你。」

「我會信守承諾……對了，鹿島，妳是從什麼時候來的？」

「我是從星期四來的。」

「妳沒『繞路』嗎？」

「嗯，星期四的事情也都做完了……按照你的指示。」

「這樣啊……那麼……」和彥望著翔香的視線變得銳利。「有一件事來試試看好了……」

「……要做什麼？」

聽到翔香詢問，和彥臉上又出現一抹笑容。那是自信且足以用無所畏懼來形容的狡黠笑容。

3

「在說明之前，看看這個。」

和彥拿起門邊的紙袋，放在桌上。

「裡面是什麼？」

翔香下床並出聲詢問。

「我從焚化爐旁的危險物品廢棄區撿來的。」

和彥從口袋裡取出手套戴上。那不是禦寒手套，而是類似警察用的白色棉手套。

「眞是煞有介事呢。」

「畢竟考慮到這也可能成爲證據。」

和彥打開紙袋，取出裡面的東西。

「花盆……」

紙袋裡是一個裂成兩半的花盆，黏著在內側的泥土已經乾燥發白。

「這是……星期三的花盆？」

「對。我記得這個碎裂的形狀，應該沒錯。」

「不過這能夠當什麼證據？指紋嗎？」

「差不多吧。不過如妳所見，這是沒上釉的花盆，不能抱太大希望。雖然現代鑑識技術說不定可行，但對方可能戴手套。」

「但你爲什麼認爲這是有人刻意下手？姑且不論車子的事情，花盆掉下來或許是意外……」

「不可能。」和彥斬釘截鐵回答。「教室窗外不是有一小段突出來的地方嗎？那段混凝土的突出部分雖然稱不上陽台，不過寬度足以讓一個人輕鬆走在上面。」

「嗯……」

翔香點了點頭。男生有時會從那裡走到隔壁教室串門子。

「如果花盆不小心掉下來，一定會落在那塊突出處。不是刻意丟下來的話，花盆根本無法掉到中庭。」

「……」

「雖然當下沒反應過來，不過後來我察覺到這一點。中午我和妳分開行動之後，就把教室繞了一遍，好查出花盆究竟從哪裡掉下來。花盆不是來自一樓，也不是二樓。畢竟當時一年二班的教室裡有學生在。要是朝妳丟花盆，馬上就會被其他人注意到。」

「……」

「這麼一來，就是三樓、四樓或屋頂。不過麻煩的是，三樓是美術教室，四樓是音樂教室，不能保證隨時都有人在，要找到目擊者很困難。更不用說，對方也會小心不被人發現。」

「花盆的數量呢？你數過花盆的數量嗎？」

學生會分配給每個班級的花盆共十個。要是找到只有九個花盆的教室，就能夠確定花盆從那個教室丟下來。

「遺憾的是，美術教室和音樂教室都有十個花盆。不知道是後來補上，還是一開始就準備好，又或者從其他教室拿來的。我們現在已經無從得知了。」

和彥早已調查過翔香想到的問題。

「這樣的話……花盆從哪裡丟下來，誰丟下來，以及爲什麼這麼做，我們還是不得而知。」

「『爲什麼』還不得而知。我猜應該和星期天的事情有關。不過『誰』和『從哪裡』倒有辦法查出來。」

和彥自信地說。

「怎麼查？」

「能夠丟下花盆的地方分別是音樂教室、美術教室和頂樓。只要知道誰在星期三中午進出過這些地方，就可以鎖定嫌疑犯。」

「你說要找人問話？」

「不，問話應該不會有什麼結果。就像我剛才說的，對方一定會小心不被人看到。而且——」和彥講到一半，停了下來。「要是讓對方知道我們在追查就糟了。至少在我們指出對方身分之前，我不想把對方逼得狗急跳牆，不然幾條命都不夠。」

「……所以說？」

「我們要派人監視。星期三中午派人在音樂教室、美術教室和頂樓監視。雖然對方也會避免引人注目，不過只要我們知道對方行動就沒問題。只是監視的人自然要躲好。」

「你……在說什麼？」

翔香瞪大眼睛盯著和彥。星期三已經結束，對翔香來說已經是過去，對和彥也是如此。事到如今根本不可能派人監視。

和彥轉向翔香，緩緩開口：

「妳還有星期一的後半段時間。當妳回到星期一時，請妳找朋友幫忙這件事。因爲要監視三個地方，所以需要三個人。找水森她們的話，人數剛好足夠。」

翔香明白和彥說的是優子、幹代和知佐子三人。但是……

「進出這些地點的人當中，應該會有其他無關人等。不過即使出現多名嫌疑犯，至少也能確定其中之一就是犯人。」

「等、等一下。這樣時間會被重組。『此時此地的若松同學』就會消失。」

和彥眞的知道自己在說什麼嗎？

然而，和彥臉上自信洋溢的笑容依舊沒變。

「沒問題，不會發生那種事情。因爲不論我或妳，星期三中午的時候都在中庭，不會知道誰在校舍裡做什麼。」

「什麼？」

翔香一頭霧水。

4

翔香搖了搖頭。

「我完全不懂你在說什麼。」

「我想也是，」和彥點了點頭。「我自己也覺得我說的話很奇怪。不過想法應該是對的，這樣一切都說得通。」

「……解釋一下吧。」

「當然……我能坐下嗎？」

「……嗯。」

翔香點頭，和彥拉出椅子，面對著坐在床上的翔香坐下。他像是要整理思緒似地閉上眼睛，過了半晌才開口。

「妳還記得妳昨天指出『我的失誤』嗎？」

「記得。」

翔香點了點頭。這次難得翔香的「昨天」與和彥的「昨天」一致。

「再說一遍吧。」

「所以說……『我在星期四從樓梯上摔下來』是『原本的過去』吧？你星期三知道了這件事，讓你有了預備知識。爲了避免時間重組，『我必須從樓梯上摔下來』，但是因爲你有預備知識，讓你救了我——這是失誤……對吧？」

「沒錯。」和彥點頭回應。「根據我昨天的解釋是這樣。妳這麼想也不奇怪，我昨天也這麼認爲。」

「……現在你不這麼認爲了？」

「我認爲應該要考慮得更仔細一點。」

「什麼意思？」

「當妳說『摔下樓梯』時，妳把『摔傷』這個推論也設想在內，所以妳才會混亂。」

「……咦？」

「妳是在星期四摔下樓梯時進行時間跳躍，並不是受傷之後才進行跳躍。『妳的過去』只到『摔下樓梯的瞬間』，而我並未改變『那個過去』。畢竟我連注意到樓梯轉角有積水，都沒特別去動。」和彥笑了起來。「雖然當時我沒想那麼深就是了。」

「我還是……不太明白……」

「妳可以這麼想：基於『預備知識』展開的行動確實可能重組時間。但妳不知道『摔下樓梯的結果』。既然妳不知道，我自然無法得知。因此我沒有獲得這件事的『預備知識』。」

「……」

「因爲沒有『預備知識』，我的行動和『原本的過去』一樣。同一個人在相同情況下會有相同判斷，採取相同行動。」

「也就是說……『雖然摔下樓梯，但被若松同學救了』，這就是『原本的過去』？」

「沒錯。我和妳在『不知情』的狀態下行動，結果得出了『正確的答案』。」

5

「接下來，照這個想法發展下去就能夠推導出：只要是沒有『預備知識』的行動，不管發生什麼事都不會造成時間重組。」

「我覺得結論有點飛躍……」

「我也不是沒這麼想過。」和彥苦笑了一下。「不過結論就是這樣，也沒有矛盾之處。」

「眞的是……這樣嗎？」

不知爲何，翔香總覺得自己有種被欺騙的感覺。

「因此剛才提到的『監視作戰』也是可行的。因爲我跟妳都不知道『監視作戰』是否存在，所以在沒有『預備知識』的情況下，可以自由行動。」

「等一下喔？那麼……如果我現在打電話給優子會怎麼樣？萬一她說我沒請她做過這種事呢？」

「『監視作戰』當然就無法實行了。不過……她會這麼回答嗎？」

「呃？」

「接下來，我打算請妳實行我接下來說的計畫。所以如果妳問水森，她應該會說她確實有去監視……應該吧。」

和彥自信滿滿地回答。

眞的嗎？

半信半疑的翔香突然想起了某件事，驚呼出聲。

「啊……」

「怎麼了？」

「說起來——」

預定實施「監視作戰」的「星期三午休」，優子、幹代和知佐子三人早早吃完午飯，離開了座位。

當時……原來就是這件事啊……

又一塊拼圖拼上了。

6

「雖然有點遲，不過我們還是得到了『預備知識』。」

聽完翔香的說明，和彥笑了。

現在事情很清楚，和彥的理論正確。因爲剛才和彥的計畫，顯然已經在過去實行了。

「這樣一來，我們這次無論如何都要實行『監視作戰』。如果失敗，時間就會遭到重組……麻煩妳了，鹿島。」

「我明白了，我會試試看。回到星期一的時候，我會拜託優子她們做剛才說的事情。呃……兩天後嘛……請在兩天後的午休時間，前往監視音樂教室、美術教室和通往頂樓的樓梯。」

「還要不被任何人發現。」

「嗯。」

「另外，還有兩個要求。」

「什麼？」

「第一，至少在『現在』之前，也就是到『星期五晚上』之前，不能把這件事告訴任何人，包括妳自己。妳應該知道爲什麼吧？」

「大概知道……因爲『現在』之前的我不知道這個計畫，對吧？」

「沒錯，讓『現在』之前的妳知道這件事很危險。」

「嗯……那麼第二件事呢？」

「要如何把監視的結果傳達給我。」

「不是告訴我嗎？」

和彥點了點頭。

「我不想讓妳知道。『預備知識』會限制妳的行動。我昨天說過，在這件事澈底解決之前，應該要對妳進行資訊管制。」

「『預備知識』也會限制你的行動吧？」

「話是沒錯，但如果我們兩個都不知道，就什麼也做不了。妳或我之間，必須有人知情，並且承受限制。如果要在妳和我之間選一個，就只能是我了。雖然這樣說有點抱歉，不過妳太冒失，我實在不敢把這件事交給妳。」

雖然很不甘心，但是考慮到至今爲止的種種情況，翔香無法反駁。

「但就算我請她們向你報告，也得在『現在』之後才行吧？還是說……你其實已經知道了？」

翔香很清楚，和彥能夠輕易讓翔香安排接下來的「監視作戰」，並裝成不知情。

被翔香懷疑地盯著看，和彥苦笑回應：

「很遺憾，我眞的不知道。所以當妳回到星期一的時候，妳必須請水森她們在星期三午休監視，然後在星期五晚上之後，把結果交給我。理所當然地，妳不能告訴她們原因，也要避免她們在星期五之前忘記監視結果。」

「……還要加這麼多條件的話，太難了。」

「我想也是。」和彥點了點頭。「所以監視的結果請用郵寄傳給我。」

換句話說，就是請她們寄信。要讓訊息過一段時間才到的話，確實是好辦法。

「但在市內的話，信不出兩天就會寄到了吧？」

如果是星期三寄出，信在星期五，甚至星期四就會送到。無論是寄到翔香家還是和彥家，都可能導致時間重組。

和彥似乎早就考慮過翔香的擔憂，只見他點了點頭。

「沒錯。所以請她們寄給別人。」

「別人？」

「能把通訊錄拿出來嗎？我們不是有一本通訊錄，上面記載著所有學生的住址嗎？」

「嗯……」

翔香站起來，在書架上找了找，卻沒找到。

「眞奇怪，我記得應該放在這裡……」

翔香在房間內東翻西找。和彥原本只是在旁邊看，後來大概覺得翔香還要花上好一陣子，所以開口說：

「妳慢慢找，我上個廁所。」

「廁所在下樓後的右手邊。」

「知道了。」

和彥離開了房間。

7

回來的和彥盯著堆滿書本和筆記本的地板，露出無奈神情。

「還是沒找到嗎？」

「嗯……眞奇怪……應該在這裡呀……」

「嗯？」

和彥想了一會，然後說道：「妳檢查過書包嗎？」

「書包？才不會在那種地方，我從沒把通訊錄放進書包。」

「『至今爲止』沒有過吧？妳就檢查一下吧。」

「……」

翔香不太情願，還是打開書包，看了看裡面。

「看吧，不在裡面。說起來，要是有，我在學校開書包就會注意到了。」

「書包裡沒有什麼很少用的口袋嗎？妳試試那個有拉鏈的口袋。」

「……」

確實是有這麼一個口袋，不過因爲不方便，翔香幾乎不會用到，更不可能會把通訊錄放進去——照理來說是這樣。

「……找到了。」

正如和彥所說，通訊錄就在那個口袋裡。除了通訊錄，翔香還有摸到其他東西。拿出來一看，結果是信箋組。裡面除了信紙，還有兩個信封。

「爲什麼你知道在這裡？」

聽到翔香瞪大雙眼發出的疑問，和彥回答：

「因爲如果妳按照我的指示行動，東西當然在這裡——回到星期天時，不要忘了把通訊錄和信箋組放進去。」

「『回到星期天的時候』？」

「不這樣做的話，就無法在『星期一的學校』拿來用了。」

「……」

只要先這樣再那樣，最後就會變成這樣。和彥的思維清晰明快，一經他解釋，就會恍然大悟，點頭稱是。他能夠這般準確地爬梳複雜的因果關係，手腕令人不得不佩服。

「通訊錄借我一下。」

和彥接過翔香手中的通訊錄，開始翻閱。

「……哦，這裡。把這個名字記起來。」

翔香湊到和彥身邊，看向通訊錄。

他看的是二年六班的學生通訊錄。翔香讀出和彥指的名字：

「關……鷹志？」

「對，讓這傢伙當收件人。接著在寄件欄寫下『聯絡前請默默保管，若松』，他應該就會保管好，不會告訴任何人。」

「他是你的知交好友嗎？」

「我們算不上那種關係，不過他是個可靠的傢伙。只是……不要用女孩子的字體寫信。即使是他也會覺得奇怪。」

「可是……這位關同學如果收到信，難道不會來問你怎麼一回事嗎？要是在『現在』之前的話……」

「所以才要寫『聯絡前』這句話。如果是他，這麼寫，即使覺得奇怪也會照辦。」

「你很信任他呢。」

「是啊。」

和彥肯定地說。翔香只能選擇相信並照做。

「但是……」翔香嘆了口氣。「這麼莫名其妙的請求，優子她們會答應嗎……」

「你不信任她們？」

「畢竟……」

翔香鼓起臉頰，和彥笑著點頭。

「的確，她們應該會覺得很奇怪。不過……如果說是『儀式』呢？」

「儀式？」

「如果說是帶來好運的『儀式』，即使再奇怪，高中女生應該能夠接受吧？」

「這倒是……」

和彥似乎對女高中生有奇妙的刻板印象，不過翔香無法完全否定他。的確，如果說是「儀式」，即使步驟複雜，她們也比較容易接受。說不定還會覺得愈複雜愈有效。

「也許可行。」

翔香點了點頭。

8

「好了，既然如此，就趁妳還沒忘掉要做的事情之前，趕快動身吧。」

他指的當然是星期一。

「又要坐椅子了？」

翔香搶先說出來，讓和彥苦笑了一下。

「那就這麼做吧。」

翔香像昨天一樣，把腳放在桌子上，椅子向後傾斜著坐下。

和彥繞到她背後。

房間突然旋轉起來，和彥俯視翔香的臉映入她的眼簾。

「妳是從什麼時候來的？」

「……我還沒『出發』呢。」

翔香有些尷尬地回答。

「果然第二次不行嗎。」

和彥苦笑著把椅子放回原位。

「為什麼無法跳躍呢？第一次明明很順利。」

「因為現在的妳完全相信我，這已經不再是『恐怖的事情』了。」

聽到這話，翔香有些慌亂，但和彥似乎毫不在意。

「不過這也在預料中。我已經想好其他方法了。」

「什麼方法？」

翔香剛要問，就想起和彥先前刻意離開的事情。他想必就是趁那個時候準備。

「難道……你在樓下做了什麼？」

「眞敏銳啊。」

和彥露出有些驚訝的表情。

「你做了什麼？」

「告訴妳就會失效了。」

說得也是，如果提前知道「危險」的內容，就不再是「危險」了。至少危險的程度會大幅減少。

「那麼我們走吧，到玄關那邊。」

翔香在和彥的提示下走出房間，和彥就跟在她身後。

當他們準備下樓時，和彥突然說了一句：

「對不起，鹿島。」

「嗯？」

翔香正要回頭，和彥猛地推了她的背。

「呀啊？」

翔香毫無心理準備，只能一聲驚叫，從樓梯上滾了下去。

9

翔香被抱住了，被一雙有力的手臂。

「很危險耶，鹿島。」

和彥的聲音響起。

「我說你啊……」

翔香本想抱怨一下和彥這招太粗暴了，但立刻閉上了嘴。

因爲和彥穿著運動服，還散發微微的汗味。翔香連忙從他身邊離開。

他們在學校裡，站在靠近校舍門口的樓梯上。

今天是星期一，時間是第三節課剛結束。翔香成功回到了星期一。連她已經忘記的後腦鈍痛都回來了。

「唷，賺到了喔！」

同樣身穿運動服的男生們嘻笑著通過。

和彥嘖了一聲，露出一副不勝其煩的不快模樣。

「小心點。」

和彥丟下這句話就走上樓梯。

「謝、謝謝……」

翔香對著他的背影答謝，不過和彥連頭也沒回。

和彥冷淡和無情的態度，讓翔香常常無言以對。話雖如此，這個星期一的和彥顯得更是冷漠。

由此看來，和彥也有變化。他對翔香表現出些微的親近感。

正在思考這些事情時，翔香突然回神。

「不行，現在可不是想這些的時候。」

教室裡剛上完體育課的男生們正在換衣服。教室內不見其他女生，可能都還在更衣室換衣服。

翔香偷偷溜進半裸的男生們之間，從自己的位子拿走書包，急忙走了出去。

她一出走廊，就迅速確認了書包。果不其然，通訊錄和信箋組都整齊地放在口袋裡。她數了一下信封，共有五個。

翔香走進升學輔導室。這裡有各所大學的資料，主要是三年級學生使用，不過因爲有桌子，適合寫字。而且在接近午休的時段，除了翔香以外別無他人，很方便。

因爲和彥要求字體不要太女孩子氣，翔香小心地用毫無特徵的字體，在三個信封的收件欄，寫下關鷹志的名字和地址。寄件欄則寫上「聯絡前請默默保管，若松」。

接下來，她就在每個信封裡，各放進兩張空白信箋並貼上郵票。

「這樣就好了。」

回到教室時，換好衣服的女生們已經回來了。

「啊，翔香，妳是到哪裡了啦？」

優子等人正在併桌子當餐桌，見到翔香便出聲叫她。

「嗯，我去忙點事。」

翔香含糊地回答，坐下來拿出了便當。

像往常一樣，大家一邊吃飯，一邊開始閒聊。翔香附和著，尋找合適的時機。

即使是在毫不間斷的閒聊中，也會有機可乘。翔香抓準時機，裝作若無其事地說道：

「我有一件事想拜託大家……」

「什麼事？」

優子帶著微笑詢問。

「其實我有一個想試試的儀式。」

「儀式？翔香，妳信那些東西嗎？」

知佐子露出意外的神情。

「什麼儀式？」

幹代興趣盎然地問道。

「帶來好運的儀式。要是成功的話，就能爲我的人生帶來光明。」

翔香自己也覺得聽起來有點扯，不過這次計畫如果失敗，翔香的「時間」就無法恢復原狀。從這個意義上來說，不算是誇大其辭。

「那種東西有用嗎？」

知佐子懷疑地問。

「應該吧，有人保證很靈。」

保證的人是具備卓越分析和洞察力的和彥，可說是值得信賴。實際上也確實深受翔香信賴。

「然後呢？妳希望我們幫忙什麼？」

優子催促。

「可能有點複雜……」

翔香清了清嗓子後，開始解釋。

在星期三，也就是從今天起兩天後的午休時間，請監視美術教室和音樂教室，以及通往頂樓的樓梯，並記下進出的人。監視的時候請躲起來，不要被人發現。另外，這件事請不要告訴其他人。

「什麼東西？」

「這就是儀式？」

知佐子和幹代面面相覷。

「拜託了，我知道要求很多，但我真的需要這個儀式。拜託，請當作幫我，助我一臂之力。」

翔香雙手合十懇求。如果遭到拒絕，和彥的計畫就全盤落空了。

「好吧，既然妳都這麼說了，我們就幫這個忙。」優子頷首答應，並詢問：「妳說是美術教室和音樂教室，對吧？」

「還有通往頂樓的樓梯。」

「對喔，既然這樣，頂樓的監視就交給我吧。」

「那我負責美術教室。」

「明白，那我就去音樂教室囉。」

幹代和知佐子也同意了。

「謝謝。」翔香鬆了一口氣。「不過我還有一個要求。」

「是什麼？」

「那個……不要告訴我監視的結果。」

「什麼？那我們要告訴誰？」

優子一臉懷疑地問道。

翔香拿出三個信封，分別遞給優子她們。

「監視的結果請放進這個信封內寄出。我再提醒一次，這件事不能告訴任何人。連我也在內喔！要是有人問起這件事，我會裝不知道。」

優子她們盯著放在自己面前的信封，每張臉上都露出莫名其妙的表情。這也難怪，聽到這麼奇怪的要求，就連翔香自己也會歪頭不解。

「雖然儀式本來就沒有道理可言……」知佐子拿起信封詢問：「不過這個關鷹志到底是誰呀？」

「抱歉，這個也不能問。」

翔香雙手合十。知佐子大大地嘆口氣。

「比起這個，我更在意——」優子開口：「這行『聯絡前請默默保管，若松』的文字……說的是那個若松嗎？」

「咦？」

優子只是隨便亂猜，不過翔香一瞬間的驚慌模樣，似乎讓優子得到答案。

「是這樣沒錯吧？」

「呃——那個……但是……」

幹代和知佐子對看一眼，然後一起望向窗邊的和彥。

和彥早已吃完午餐，正一手拿著自動鉛筆，一如往常地玩填字遊戲。他對幹代等人的視線渾然不覺。

「這個該不會是若松同學叫妳這麼做的？」

幹代問道。

正是如此，但讓翔香這麼做的人並不是「現在」的和彥，要是她們問和彥，時間就會遭到重組。

「不是不是，不是那樣。」翔香慌忙搖頭。「完全不是那樣，千萬不要告訴若松同學，那會讓一切都泡湯！」

三人驚訝地盯著翔香。

過了一會，優子點了點頭，似乎明白了什麼。

「哦——原來是這麼一回事啊。」

「什、什麼啦……」

「說什麼會替人生帶來光明，這個是結緣的儀式吧？」

「不……不是這樣的……」

翔香試著否認，但毫無效果。

「我明白了，所以才要在這裡寫上意中人的名字。只要收信的人有好好保管，願望就能實現。一定是這樣。」

幹代開始擅自解釋。

「不過眞沒想到翔香會對若松同學……」

知佐子來回看著和彥和翔香。

「等一下，眞的不是那樣……」

「好了，別這麼激動。」優子用一臉「我什麼都知道」的神情安撫翔香。「不用這麼慌張啦，沒關係，我們不會取笑妳的。」

這話本身已經是取笑了。

翔香滿臉通紅，優子揚起笑容。

「好吧，既然是這麼一回事，我們會好好幫忙的，好讓妳的心願實現。」

「……」

算了，這樣也好。

翔香放棄了。話題雖然歪向怪方向，不過至少當初的目的達成了。

10

翔香很想立刻回到星期五，確認「監視」結果，不過事情沒這麼簡單。爲了儘快結束「時間跳躍現象」，她不能讓「時間表」出現空白。

她盯著時鐘，熬過下午的課，放學立刻回家。

晚餐、洗澡，以及其他瑣事等各種事情都做完，翔香早早在八點前就鑽進被窩。

翔香遲遲難以入睡，不過這也當然。畢竟此時比她平常的就寢時間，整整早了四個小時。即使如此，翔香還是告訴自己，躺久了自然就能入睡。就在她不斷翻身的時候，翔香慌忙地從床上起身。

「糟糕，我差點忘了。」

她忘了日記。星期一的翔香必須寫日記才行。

她打開房間的燈，坐到書桌前，拿出日記本攤開，然後停下了手。

「日記到底寫了什麼呢……」

翔香不記得了。不對，應該說她記得內容，但用什麼字眼，在哪裡換行等細節都忘得一乾二淨。

「算了，沒關係……」

翔香聳聳肩，拿起自動鉛筆。雖然可能被和彥罵，但這本日記只有翔香與和彥會看，就算細節上有些許出入，只要大意一致，應該不會有太大影響。

「嗯——我記得一開始是這樣寫的吧。」

翔香開始寫下文字：

「妳現在一定很困惑。現在我還不能告訴妳，妳身上發生了什麼事，也不能告訴妳接下來會發生什麼事。因為如果現在告訴妳，就可能改變過去。」

寫到這裡，翔香拿起橡皮擦。現在寫出改變過去之類的話，只會讓星期二的自己更加困惑。

她擦掉了「因為」以後的部分，繼續寫道：

「不過我能告訴妳，妳並沒有失去記憶，也沒有精神錯亂，所以不要擔心。不過不要告訴別人這件事。妳唯一可以商量的人是若松同學。」

然而和彥一開始會很冷淡。爲了讓星期二的自己不要因他的冷漠態度放棄，她需要補充說明。

「去找若松同學商量吧。最初妳會覺得他很冷漠，不過他是個值得信賴的人。」

翔香放下自動鉛筆，重讀了一遍自己寫的文章。

「應該沒問題。」

至少應該沒有太大差別。

翔香闔上日記本。

接著她配合「明天」——星期二的課表整理書包。

「這樣就沒有遺漏了……」

她比出手指確認了一下，然後關掉房間的燈。

11

翔香完全搞不懂自己現在什麼樣子。她的手腳奇怪地糾纏在一起。她想試著站起來，周圍卻異樣柔軟，讓她難以行動。

「又摔倒了嗎？」

若子踩著拖鞋出現，她露出無奈的表情，低頭看著翔香。

「對不起，」從樓梯上方傳來了和彥的聲音。「我沒來得及拉住她。」

翔香明明是被和彥推下來的，還眞能說出口。

對此不知情的若子無奈地搖了搖頭。

「眞是的，妳老這麼冒冒失失，傷腦筋。眞虧妳能夠這麼一摔再摔。」

和彥從樓梯上走下來，聽到這句話，不禁失笑。

「來，抓住我吧。」

和彥向翔香伸出手。

翔香雖然想抱怨個幾句，但有若子在場，她只能作罷。

「謝謝。」

翔香無奈道謝，抓著和彥的手臂站了起來。

「翔香，妳再不改改妳這個冒失的個性，小心以後沒人娶喔。對吧，若松同學？」

「呃……」

就連和彥也不知該如何回答。若子向他露出年長者的從容笑容，走回客廳。

目送若子的背影離去，翔香慢慢地掐了和彥的腰一把。

「你還眞敢下手啊。」

「很痛耶。」

和彥皺起了眉頭。

「痛的是我才對。你就不能換個方法嗎？」

「也許有其他方法，但我想不到。我認爲這是最確實的方法。」

「就算是這樣……」

「是我不好啦，所以我不是先道歉了嗎。而且我姑且也有安全措施。」

和彥一說，翔香才注意到樓梯的轉角處堆滿了坐墊、抱枕和玩偶。翔香剛才就是埋在這堆塡充物中。

「……」

「對了，雖然慢了，我還是要問一下：妳是從什麼時候來的？」

「……星期一。正如你所願。」

「妳已經拜託水森她們了嗎？」

「嗯。」

雖然因此讓大家產生了奇怪的誤會，翔香暗自補充一句。

「這樣啊。那接下來就看她們可不可靠了……」和彥看了看左手的手錶。「這個時間，應該已經結束練習回家了吧……可以借個電話嗎？」

「請隨意。電話就在那裡，在鞋櫃的旁邊。」

「知道了。」

「你要打給關同學？」

「沒錯。」

和彥拿起電話，按下按鈕。在等待接通的空閒時間，他轉頭問翔香：

「星期一的事都辦妥了吧？」

「嗯。」

「這樣剩下的就只有星期天晚上了……喂，這裡是關家府上嗎？我是若松，請問鷹志在嗎？好的……哦，關嗎，你那邊應該有收到三封信……這樣啊。」和彥捂住話筒，對翔香說：「信已經收到了。」

「……」

雖然兩人就是爲了收到信，才做了種種安排，現在確認收到信，實在沒什麼好奇怪的，不過翔香還是不禁對和彥的頭腦大感佩服。

和翔香不同，和彥無法脫離時間的流動。儘管如此，他卻完全掌控過去和未來，從翔香支離破碎的話語中找出規律，並引導混亂的局勢走向終結。

「……所以說，雖然在你想休息的時候不太好意思，但可以請你把那幾封信帶過來嗎？地點我會告訴你。其實應該我找你拿……眞的嗎？太好了。謝謝你。」

和彥指定了翔香家附近的公園作爲見面地點，然後掛斷了電話。

12

「我稍微出去一下。」

翔香向若子報備後，與和彥一起前往公園。

「對了，關同學是怎麼樣的人？」

翔香走在和彥旁詢問。

「我們到國中爲止都是同班同學。上了高中，我們分到不同班級，他又因爲社團很忙，我們變得很少碰面。」

「他是什麼社團？」

「柔道社。」

眞是意外。翔香還以爲和彥的好友會是參加文藝社團的類型。

「他口風緊，頭腦也很靈活。雖然我不喜歡依賴他人，不過對象是他的話，我就能放心倚靠。」

「哦……」

一到公園，翔香與和彥就站在路燈照亮的地方，方便鷹志找到他們。

在晚上的公園兩人獨處，這樣的情境讓翔香心跳加速，不過和彥似乎毫不在意。

眞是的，這樣還算得上是青春期的男生嗎……

翔香暗自嘆氣。

和彥頭腦明晰，冷靜沉著，處事大方，十分值得信賴，卻有些不近人情。對於一個十七歲的高中生來說，和異性單獨在一起的時候，應該會更……有點反應才對吧。不過話雖這麼說，如果他眞的像夢中那樣突然吻了自己，倒是讓人困擾。

過了一會，和彥低聲說道：

「看來他來了。」

自行車的車輪聲逐漸靠近，然後停在公園入口。

大概是看見被路燈燈光照亮的和彥，鷹志停好腳踏車，筆直走向他們。

被和彥認定可靠的關鷹志，到底是什麼樣的人？翔香充滿興趣地觀察靠近的人影。

不久，鷹志的身影出現在燈光下。

和彥已經算高，但鷹志比他更高一個頭。除了身高，肩寬和胸膛厚度也不同。不過有別於翔香從「柔道社」這個詞聯想到的方正體型，鷹志顯得身材修長。唯一讓人感到他是柔道社成員的，是他結實的骨架、粗壯的脖子和一頭寸頭短髮的髮型。

鷹志有著濃眉大眼和嚴肅抿起的嘴角。畢竟是和彥的好友，他也給人意志堅強的印象。不過目光溫和，反而讓人產生親切感。

鷹志穿著一件棕色皮夾克，但下面仍穿著制服褲，看樣子剛回家就被叫出來。

「抱歉，在你累的時候找你出來。」

「沒事。」鷹志笑著回答。「比起這個……」

他好奇望著翔香，翔香連忙點頭招呼：「我是若松同學的同班同學，鹿島翔香。」

「我是關，請多指教。」

鷹志回應後，疑問的眼神移回和彥身上。

「……幹麼啦？」和彥稍顯不悅地說。

與其說難得，應該說這還是翔香頭一次目睹他有點孩子氣的舉動。

「……沒什麼。」

鷹志打趣地揚起嘴角，彷彿在說如果難以解釋，我就大發慈悲放過你。

和彥苦笑了一下，直接進入正題。

「你把信帶來了嗎？」

「嗯。」鷹志打開夾克內袋，取出三封信。

「你要的就是這三封信嗎？」

「有勞了，多謝。」

和彥接過信封，轉向翔香。「鹿島。」

「嗯？」

「妳發什麼呆，是這三封信沒錯吧？」

翔香確認和彥手中的三封信，看起來正是她「剛才」交給優子她們的信封。

確認翔香點頭，和彥將信收進口袋。

「這到底怎麼一回事？」

鷹志提出非常合理的疑問。

「抱歉，雖然找你幫忙還講這種話，實在很任性，不過現在還不能告訴你。」

「哦……？」鷹志挑起一邊眉毛。「看來相當棘手。」

「算是。」

「那就等你可以說的時候再告訴我。」

鷹志輕輕點頭，乾脆地放棄了。不多話也不多問，在這兩人之間，似乎不需要任何冗雜的藉口或說明。

「總之，謝啦。眞是幫大忙了。」

和彥道謝時，鷹志流露出疑惑。

「眞的只要給這三封信就行了嗎？」

這句話聽起來別有含意，和彥跟著一臉狐疑。

「……爲什麼這麼問？」

「因爲啊，」鷹志再次將手伸進夾克的內袋。「這裡還有一封一模一樣的信。」

「你說什麼？」

和彥緊緊盯著鷹志拿出來的第四封信。

13

「鹿島？」

和彥回頭看著翔香，言下之意是「妳有什麼頭緒嗎？」

「不知道，我只寫了三封信。」

翔香搖頭回答。

「信封一樣，文字和語句也一樣，甚至筆跡都一樣。」鷹志揮著手上的信封，玩味地觀察和彥與翔香的樣子。「不過這封信比其他三封早兩天到達……若松，看來你在玩一個相當複雜的遊戲啊。」

「……是極其複雜的遊戲。」和彥呻吟般地說道。「能夠把那封信也給我嗎？」

「當然。」

鷹志點頭，把第四封信遞給和彥。「不過呢——」

「我知道，等事情全都結束，我會解釋。」

「請務必這麼做。」

儘管鷹志應該滿腹疑問，他還是就此收手，沒有追問。

和彥接過第四封信，翔香從旁偷看了一眼。

正如鷹志所說，這封信不論是信封、語句還是筆跡，在在都和其他三封完全相同。

也就是說，這封信也是翔香寫的。不，應該說是「即將」寫的。時間是在唯一空白的時段，就是星期天晚上。星期天晚上投寄的信在星期一被郵局收走，因而比星期三投寄的其他三封信早兩天送達。

不過星期天的翔香爲什麼寫「第四封信」呢？信中究竟寫了什麼？

唯一解釋，這封信是用來告訴「現在的和彥」星期天發生的事情。

「抱歉，稍等一下。」

和彥似乎也抱著同樣想法。只見他丟下這句後，走到不遠處的另一盞路燈下。

「那個……鹿島同學？」

鷹志向被留下的翔香搭話。

「是？」

「妳和那傢伙，呃……從什麼時候開始交往的？」

「我們才沒有交往。」

翔香慌忙搖頭。

「只是遇到有點困擾的事情，找他商量。」

「哦……」

鷹志有些驚訝地看著翔香，然後目光轉向和彥。和彥正專注地閱讀信封中的信紙。

「他竟然和女孩子商量談心……」

他的語氣中充滿意外。

「那個，關同學。你是若松同學的好友吧？」

「我們才算不上那種關係。」

鷹志的說法跟和彥的說法相同。

「爲什麼若松同學對女孩子那麼冷淡？」

「冷淡？」鷹志瞪大眼睛。「他不是在幫妳嗎？」

「是沒錯……但是……」

「哎，我明白妳的意思。的確，他是有一點障礙。」

「……他眞的討厭女生嗎？」

要是這樣的話，鷹志會不會就是他的對象……翔香浮現出這樣大膽想法的時候。鷹志說了意想不到的話：「他不討厭女生。」

「什麼？」

「他對女生有點敬而遠之，但他應該就和健康的高中男生一樣，還是很喜歡女生的。」

「可是——」

既然如此，爲什麼和彥對女生那麼冷淡？爲什麼他會擺出「敬而遠之」的態度？翔香想繼續問，可惜時間不允許。

「看來他讀完了。」

和彥把信封放回口袋，走了回來。

14

「讓你久等了，抱歉。」

返回的和彥簡短地說道。他的表情非常嚴肅，眉頭緊鎖，臉色甚至有些蒼白。

「怎麼了？信上寫了什麼？」

「沒什麼，妳不用擔心。」

和彥這樣回答不安的翔香，然後轉向鷹志。

「關，有兩件事想拜託你，可以嗎？」

鷹志也感覺到和彥的異樣，但依然像剛才一樣，沒有多問。

「什麼事？」

「能教鹿島一些防身術嗎？」

「什麼？」

驚呼的是翔香。

鷹志看一眼翔香，然後說：「是不是有可疑的人盯上她了？」

「差不多。」

「爲什麼不報警呢？如果不想到警察局，可以由我來告訴我爸。」

「說起來，你爸是刑警呢……不過，不行，我們不能靠警察。」

「嗯？」鷹志盯著和彥。「那你自己保護她吧。」

「可以的話我也想這麼做……但我無法二十四小時一直陪著她。」

鷹志大概很難理解這句話眞正的意思。

「柔道可不像空手道或合氣道那樣適合女生喔。」

「也許。但起碼教她一些護身倒法和身法吧？不用打敗對方，只要遇襲時順利逃脫就可以。」

「好吧，我明白了。不過要在什麼時候跟什麼地方教？」

「你明天還有練習嗎？」

「阿龍是不會讓我們休息的。」

鷹志笑著回答。阿龍是柔道社顧問川中邦雄的綽號。他是體育老師，也是柔道六段的高手。據說綽號的由來是因爲他背上有一個飛龍在天的刺青，不過傳言眞僞不明。

「什麼時候結束？」

「我想想……按照慣例的話，大概三點吧。」

「那可以拜託你在那之後教她嗎？到時道場應該也可以用。」

「明白了。」

鷹志點頭，和彥轉向翔香。

「事情就是這麼一回事，鹿島，明天請妳帶上便當和運動服。」

「呃、嗯……知道了……」

「這樣算一件事的話……還有其他事嗎？」

鷹志問道。

「等鹿島學完再說。」

「就算你到了明天再突然跟我說，我這邊也需要準備吧？」

「我會負責準備。對你來說，應該不會太難。」

「這樣嗎……好吧，我相信你。」

儘管有疑慮和不滿，鷹志還是答應了。

「抱歉，麻煩你了。」

「沒事，那明天見。」

鷹志對翔香點頭致意，向和彥隨意揮手，然後離開了公園。

15

「好了，我們回去吧。」

目送鷹志離開，和彥轉身望著翔香。

「嗯……」

翔香點了點頭。她對三封信的內容，以及第四封信的內容感到好奇，不過和彥需要對她進行資訊管制，所以不可能告訴她。

翔香與和彥並肩離開了公園。

「不過說眞的……爲什麼突然學防身術？」

「有學總比沒學好，尤其是現在的妳。」

「你是說——我接下來也會遭受襲擊嗎？」

和彥注視著仰望他的翔香，頓了一會才回答：

「不知道。我也不可能預知未來所有事情。」

「但是……萬一有事，若松同學也會保護我的，對吧？」

「我不是萬能的，無法保證總是能夠保護妳。」

「……」

看著沉默的翔香，和彥放柔了語氣。

「別太擔心。這只是以防萬一，盡可能做好各種準備。」

「嗯……」

和彥表示今晚就此告退，翔香便從自己的房間拿來了和彥的書包。

「打擾了，我告辭了。」

「別客氣。」

若子也來到玄關。

「鹿島，明天見。」

「啊。」

「怎麼了？」

「沒什麼，我送你。」

因爲在意若子的目光，翔香陪和彥走出去後問：

「我說呀，我的『明天』眞的是明天嗎？」

翔香無法確定睡醒時，迎接自己的眞的是星期六早晨。

「哦，這件事啊……放心，妳的『明天』是星期六。」

「你怎麼這麼肯定？」

「時間表上唯一剩下的空白是星期天。既然不知道那時發生了什麼事，妳就還無法到『那裡』。妳應該會下意識抗拒去『那裡』。」

「但是……後天或大後天呢？」

「要進行新的時間跳躍，需要別的『恐怖的事情』。如果要發生，也是到星期六再說。除非……」和彥笑了笑，繼續說道：「除非今晚發生什麼『恐怖的事情』，那就另當別論了——拜託妳，可不要從樓梯上摔下來喔，這會讓事情變得很複雜。」

翔香不滿地抗議。

「我也不是每次都從樓梯上摔下來。」

「是嗎？」和彥再次笑了，然後露出嚴肅的表情。「總之，小心別摔下來。對方應該不至於連妳在家的時候都發動攻擊。只要妳夠小心，就能等到明天。到時候……」

「到時候？」

「那時一切就結束了，我會結束這一切。」

和彥彷彿在對著自己這麼說。

第7章　最後是星期六

1

如同和彥所說，翔香的「明天」是星期六。

確認早報日期後，翔香重新感受到和彥的判斷多準確。

「不愧是和彥……」

交給和彥，彷彿就萬無一失。

和彥的智慧令人驚異，已經無法單純以優等生或聰明人來形容他。他不僅具備洞察一切的能力，還擁有高效運轉的頭腦。

如此優秀的一個人，昨天晚上保證翔香，他會今天結束一切。

但翔香依然有些不安。

「眞的沒問題嗎……」

和彥從未違背過他的承諾，他答應的事情必定實現。翔香非常清楚這一點。但現況限制和彥行動的因素實在太多。爲了遵守「避免時間重組」這一大前提，和彥的行動幾乎被束縛。和彥眞的有辦法找到終結「時間跳躍現象」的方法嗎？

由於和彥的資訊管制，翔香也無法知道和彥的想法和計畫。她只能選擇相信，將一切交給他。

總之翔香能做的，就是準確執行和彥的指示，避免增加他的負擔。

「啊，對了。」

翔香拿著早報，走進廚房，對正準備早餐的若子說：

「媽，我今天也需要便當喔。」

「咦？可是今天是星期六耶。」

「是沒錯，但我還是需要便當。」

「這種事情要前一晚就說呀……」若子抱怨著停下料理，打開冰箱查看。「有漢堡排……再煎個蛋捲……」

「沒關係，我自己來。」

若子仔細端詳翔香，然後望向窗外。

「今天還是別洗衣服了吧。」

「爲什麼？」

「我覺得可能會下雨。」

「……」

2

「早安。」

當翔香走出玄關時，靠在門柱上的和彥向她打招呼。

「早安，每天這麼迎接我，眞是辛苦你了。」

翔香以開玩笑的口吻表達感謝之意，和彥笑了笑。

「是啊，我也想早點卸下這個重擔……對了，妳是從星期五來的吧？」

「嗯，如你所料。」

和彥輕輕點頭，用下巴向翔香示意。

「那我們走吧。」

翔香和和彥並肩邁出步伐。

和彥的臉龐顯得比平時更加銳利緊繃，可能因爲緊張。和彥究竟打算做什麼呢？他下了什麼決心？

和彥看向翔香。

「妳有帶運動服吧？」

「嗯……對了，若松同學，你有帶便當嗎？」

「沒帶，我妹不肯特地爲我作。」

「什麼？」

「我妹啦，她說順便作還有得談，但她沒打算特地作我的便當。」

和彥輕輕笑了笑。

這麼一說，和彥提過他的父母出遠門了，那是什麼時候的事情呢……

「沒辦法，只能去福利社買麵包了。」

「這樣的話……」

翔香舉起手中的書包。「我準備了兩人份的便當……你要吃嗎？」

「妳竟然連我的份也準備了？」

和彥露出意外的表情。

「算是小小的謝禮吧，不過味道不敢保證。」

「聽起來好像需要勇氣才能吃啊。」

和彥笑了，但很快又恢復剛才嚴肅的表情。和彥只有和翔香說話時，才會刻意擺出柔和的表情。

「……你在想什麼？」

「……沒什麼。」

和彥低聲回答。

「……你說今天解決一切，但你打算怎麼做？」

「請關幫妳特訓。」

「我不是問這個……」

「總之妳現在知道這個就好，其他事必要時再說。」

如同往常一樣，和彥的資訊管制依然嚴密。

3

根據和彥的推理，「敵人」應該能夠出入學校。想到這一點，翔香就不由得心生不安，因爲「敵人」說不定就在上課的翔香身邊。

不過讓翔香安心的是和彥就在身邊。不論上課還下課，回頭一看就能夠看到和彥。

看來這一天，和彥決心徹底保護翔香，不讓她離開視線。在局面即將迎來終結的當下，他大概想提神戒備，以免意外發生。

在和彥的戒護下，星期六的慣例行程全都順利結束了。

「一起回家吧。」知佐子拿著書包，跑來邀翔香：「幹代說她找到一家很好吃的可麗餅店。」

平時翔香會毫不猶豫答應，但今天不能。

「對不起，今天不行……」

「妳有什麼預定嗎？」

「嗯，有點事。」

「什麼事？」

知佐子不依不饒地追問，這時優子插話了。

「好啦，不要問那麼多。」

「什麼意思？」

知佐子一臉詫異。只見優子示意窗邊的位置。班上的同學們陸續收拾好東西離開教室，唯有和彥還坐在椅子上。

「哦……」

知佐子心領神會地點點頭。

「看來我也得請教一下詳細方法了。」

就連幹代也打趣地看翔香。現在翔香已經知道她們指「結緣的儀式」。

「……」

「翔香，加油喔。」

優子說完，和知佐子、幹代一起離開教室。

「眞是的，也太會察言觀色了，讓人困擾。」

翔香小聲嘆了口氣。

「這便當顏色有點深啊。」

和彥評論。漢堡和煎蛋捲呈現出一種以焦痕而言，太過強調存在感的色調。

「……還是要去買麵包嗎？」

「不，既然是妳的心意，我就吃了吧。反正應該不會死。」

即使是恭維，便當也不能算成功。

不過和彥嘴上抱怨，還是把翔香作的便當吃得乾乾淨淨。

「謝謝招待。」

從小的教育使然，和彥雙手合十道謝。這樣的舉動不太符合他的風格，讓人看著不禁覺得好笑。

「那麼——」

和彥看向教室的時鐘。時間才過一點，柔道社的練習剛開始。

「還有兩個小時……這樣等真漫長。」

「眞的只要等著就好嗎？」

翔香這麼問是和彥說過「要解決一切」，他應該需要相應的準備。

「我是有事要做，但我必須看著妳，而這件事又不能在妳面前做。」

和彥想來是怕讓翔香擁有「預備知識」。

「現在只能消磨時間。」

和彥拉過書包。

「塡字遊戲？」

「正是。」

和彥從書包拿出來的塡字遊戲不是之前見過的口袋書，而是一本薄薄的專門誌。

「哦，原來還有這種雜誌啊。」

「是啊。」

和彥輕輕點頭，拿出文具。

「塡字遊戲眞的有那麼好玩嗎？」

「看填字遊戲的品質吧。不過非常適合拿來消磨時間，還會有額外的小禮物。」

「增加詞彙量嗎？」

「不是啦，這雜誌填好寄出去的話，可以抽獎品。」

「你抽到過嗎？」

「幾次，雖然都是些小玩意。」

和彥翻閱頁面。獎品似乎隨著填字遊戲各有不同。送的東西都是些玩偶或鬧鐘之類的，確實都是些小東西。

「啊，這個音樂盒看起來不錯。」

「那就來解這個好了，妳也來幫忙。」

和彥遞給翔香一枝鉛筆。翔香接過鉛筆，與和彥並肩開始玩填字遊戲。

4

「太慢了。」

這是鷹志第一句話。

「明明是你自己的要求，居然還遲到，到底什麼意思？」

「抱歉，是我一不小心。」

和彥已經道歉，不過翔香自己也沉迷解塡字遊戲而忘了時間，所以翔香算是同罪。

「對不起，關同學。」

聽到翔香道歉，鷹志馬上露齒一笑。他並不是認眞生氣。

「算了，沒關係。正好一年級生才打掃完，時間剛剛好……鹿島，總之先換衣服吧。那邊有劍道社的社團活動室可以用。」

「好的。」

「你也特地換了衣服嗎？」

和彥問道，因爲鷹志穿著運動服。

「面對女生，總不能還穿著滿是汗臭的柔道服吧。」

聽著鷹志從背後傳來的回答，翔香進了劍道社的房間。

東高的第二體育館是兩層樓建築，二樓是普通的木板地，一樓則一半是開放空間，一半是道場。道場用摺疊式隔板分爲柔道場和劍道場。劍道場一角設有柔道社和劍道社的社團活動室。不過說是活動室，其實只是用牆壁隔開，沒有天花板，實際上更像儲物間。

劍道社活動室內有很多木架，上面擺滿防具。由於防具無法清洗，室內充滿酸臭味。

翔香急忙換好衣服，走了出來。

「久等了。」

「那麼我們到柔道場吧。」

見到穿著紅色運動服的翔香走出來，鷹志朝她示意。一踏進鋪滿藍色榻榻米的道場，鷹志便轉身看和彥。

「防身術很多種，你想應對什麼情況？」

「我想想，」和彥思考片刻回答：「教她怎麼從被抓住的狀態中逃脫。」

「從後面抓住？還是從前面？」

「都教一下吧……需要多少時間？」

「多少時間……你是以爲一小時左右就能夠搞定嗎？」

「我就是希望你想辦法做到。正如我昨天所說，不需要打倒對方，只要逃脫就行。」

「你說得輕鬆……」鷹志搖了搖頭。「好吧，我會盡力。」

「拜託了。我要離開一下。」

「喂喂，這是什麼意思？」

「我在這裡也沒什麼用吧？我還有點事要處理。」

和彥指的想必就是他說過的「不能在翔香面前做的事」。和彥丟下這一句就拿起書包，走出道場。

「任性的傢伙。」鷹志苦笑著，轉身面向翔香。「那麼，我們開始吧。」

5

「既然我們在柔道場，就從護身倒法開始吧。」鷹志說。

「你說的護身倒法，是那個翻滾的動作？」

「前迴轉護身倒法嗎？那個倒是不用，再怎麼說也不太可能遇到被摔飛出去的狀況。先來學後倒和側倒的護身倒法就好了。」

鷹志先示範了動作。不愧是柔道社員，手掌拍打在榻榻米上的聲音十分清脆響亮。

「總之，就是要學會怎麼摔跤，避免撞到後腦杓、背部和關節。」

「……感覺有點難？」

「倒也不會特別難。像嬰兒就算不用教，也能自然做到。關鍵是手腳不要施加多餘力道就好。不過頭部要特別注意，做的時候需要收起下巴……妳試試看。」

翔香試著模仿鷹志的動作，卻不太順利。一旦特意收下巴，手腳就自然而然用力。鷹志的護身倒法是一氣呵成，而翔香顯得笨拙僵硬。

不過經過多次反覆指導，她終於成功拍出一次清脆的聲音。

「對，就是這個樣子。再多練習一下就能掌握了……時間不多了，進行下一步吧。」

鷹志扶著翔香站起來。

「下一步是被抓住的情況……」

鷹志繞到翔香身後。

「那個……鹿島，我要碰妳囉？」

「請動手。」

聽到翔香回答，鷹志小心翼翼把手繞到她身上。翔香以立正的姿勢被鷹志手臂抱住。

「在這樣的狀態下，要怎麼逃脫？」

翔香用力試圖掙脫，但鷹志的手臂紋絲不動。

「不行，動不了。」

「別輕易放棄，至少三種攻擊方法：第一種是用腳，用後腳跟重踩對方的腳背。穿高跟鞋更有效，但普通鞋子也有用；第二種是用頭，直接把頭往後仰，撞擊對方的鼻梁，不過這要看身高差；第三種是最常見的踢下體……妳試試看。」

鷹志耐心指導，直到翔香基本掌握這三種動作。

「差不多就是這樣了，接下來是正面的情況。」

鷹志轉到翔香前面。

「從正面來的情況，其實大致上差不多。可能用不上後腳跟，但頭錘會更有效，踢下體也可以用膝擊，成爲更有力的攻擊。」

「好的。」

「問題是身體被壓制時如何有效反擊……稍微練習一下吧。」

翔香爲了練習，必須被鷹志緊緊抱住。雖然有點尷尬，不過現在根本沒時間害羞。此外鷹志很認眞在教防身術，翔香完全不會胡思亂想。

「那個……關同學，我能問個問題嗎？」

在反覆練習頭錘和踢擊時，翔香出聲。

「什麼問題？」

「你昨天說過，若松同學其實不討厭女生……」

她一直好奇爲什麼和彥不討厭女生，卻對女性敬而遠之。既然現在和彥不在，正好趁機詢問。

「之前發生過什麼事嗎？」

「有是有……不是什麼大事就是了。」

鷹志曖昧的回答，反而激起了翔香的好奇心。

「到底是發生了什麼事？」

鷹志用帶點試探意味的眼神打量翔香。

「問這個做什麼？」

「也不是說要做什麼……只是……我說不定幫得上忙……畢竟我欠他很多……還有……」

看著翔香吞吞吐吐的樣子，鷹志笑了。

「好吧，或許可以告訴妳……我們國中的時候，學校有一個模範生——啊，這不是在說若松，只是個例子，別誤會。」

翔香不確定他說眞的，還只是保護和彥的隱私，採取匿名。

「他成績頂尖，運動也行，長相也不錯，很受女生歡迎。但不知道該說不知變通還是怎樣，他這個人性格過度認眞，不曾和任何一個女生走得特別近。」

「……」

看來是後者，翔香心想。

「此時，有個女生出現了。我們姑且稱她爲A子。她是個美人，有點成熟的氣質。要是有校內選美，她絕對會贏。」

「……然後呢？」

翔香感覺事情不妙，催促鷹志說下去。

「這位A子猛烈追求那個模範生。優等生最初嫌她煩，但其實心裡也有點暗爽。後來模範生認輸，兩人開始約會。」

「接下來呢？」

「我沒去湊熱鬧，不清楚情況。不過他們似乎有循序漸進地取得一定成果。」

「……」

「第二天，我和若松偶然在學校聽到A子跟朋友聊天……她說：『我贏了』。」

「什麼？」

「A子似乎和朋友打賭，看能不能追到那個認眞的模範生。」

「……」

「我聽過花花公子把追女生當遊戲，沒想到有反過來的。她知道自己的魅力，所以想試試自己對異性的影響力。」

「……然後呢？」

「也沒怎樣。那傢伙也不是笨蛋，不會因爲這樣就對世界絕望。他馬上拒絕交往，斷絕了關係──不過啊，」鷹志聳了聳肩。「那一句『我贏了』，似乎很長一段時間都在他的腦中揮之不去。」

「……」

「她的意思應該就是贏了賭注……但對我以及若松來說，聽起來就像是：不管多跩，每個男生都一樣是色胚。只要女生有那個意思，男生就乖乖湊上來。」

「……所以他才會討厭女生？」

「說是討厭……應該是敬而遠之。他認爲女生都在內心說著『你看，果然還是拜倒在我的石榴裙下』。大家都是表面可愛，內心冷笑。而且若松個性好勝，所以更是如此。」

「但不是所有女生都那樣，A子是特例……」

「我明白，」鷹志點頭回應。「不是所有女生都那樣壞心眼。而且那位A子不是心懷惡意，只是以自己的魅力爲傲，缺乏同理心而已。但感情就是不講道理，有點變成心理創傷吧。」

鷹志再次聳肩。

「但這樣的話……」

「故事就這樣結束了。好了，回到練習吧，踢擊要踢得更狠一點才行。」

「……嗯。」

翔香照鷹志的指示，繼續開始練習體術，但難以專心。

如果過去眞的發生這樣的事，那和彥的態度也可以理解。不過照這樣下去，眞的好嗎？該怎麼做，才能幫他克服這段創傷呢？

翔香突然想到了一件事，詢問鷹志：

「那這件事也對關同學造成心理創傷嗎？你也會討厭女生嗎？」

「我？」

鷹志瞪大了眼睛。

「雖然不能說完全沒有，但我不像他那麼死心眼。而且——」鷹志說到這裡，咧嘴一笑。「我好歹算是個格鬥家。」

翔香歪著頭。

「什麼意思？」

「我知道在這世上，有些對手即使輸了也不可恥。」

6

「怎麼樣，感覺如何？」

一回到道場，和彥就問道。

「還行。」

鷹志對正重複基本動作的翔香做了個休息的手勢。接著他在和彥看不見的位置，把食指比在嘴唇上，示意不要把之前的對話告訴和彥。

和彥似乎沒注意到兩人的交流，繼續說：

「能展示一下成果嗎？」

「當然可以。那麼鹿島，來比劃一下。」

「好的。」

翔香和鷹志配合，演示在幾種情況下使用頭錘和踢擊。

「這樣如何？」

「嗯……」和彥認眞盯著一會，然後開口：「有一個問題。」

「什麼問題？」

「比如說，如果對方把臉壓在你胸口，頭錘就沒用了吧？」

「還有踢擊呢。」

「踢下體？只要對方移動腳的位置，就能防住了吧。」

「的確是這樣……」鷹志苦笑道：「你還眞嚴格啊。」

「要怎麼防住踢下體？」

翔香提問，鷹志開始解釋：

「如果面對面……假設是被壓倒的狀況……要以這個姿勢防備踢下體，可以把自己的右腳放在妳的右腳外側，這樣自然就踢不到股間了。」

「嗯，確實踢不到。」

翔香在腦中想像了一下，點了點頭。

「或者、那個……」鷹志不知爲何有些吞吞吐吐。「……把妳的雙腿分開，把自己的雙腿放在中間。這樣也能夠防備踢下體。」

翔香再次試著想像姿勢，然後滿臉通紅。

「雖然你介紹很詳細，但希望你也教教如何應對這種情況。」

只有和彥依舊冷靜地吐槽。

「我本來打算教她在那種情況發生前逃脫的方法……嗯……」鷹志一邊反駁，道出答案：「不論在哪種情況，都可以用肩膀。」

「肩膀？」

翔香疑惑地歪頭，鷹志點了點頭。

「不論是哪邊的關節，大致上都能成爲武器，肩膀也是關節。妳看，像這樣——」鷹志說著演示：「手臂往內側扭動，肩膀就會向前突出吧？就這樣撞對方的臉頰或鼻梁。」

「這樣？」

翔香模仿了一下。

「更用力點……對，就是這樣。等對方稍微退開，接著用肘擊。手臂內側朝上，猛地一撞……對，然後是掌根。」

「掌根？」

「這裡。」

鷹志攤開手掌，指著大拇指根部一帶的位置。「沒練過的話，用拳頭容易傷到手指。用這裡比較好。」

翔香又在鷹志的指導下，反覆練習動作。

「這樣如何，教練？」

鷹志轉向和彥。

「嗯，這樣應該可以了。」

和彥一副上對下的態度，不過鷹志似乎不以爲意，也許已經習慣了。

「那可眞是多謝……這樣我算完成任務了吧？」

「謝謝你，關同學。拜託你這麼奇怪的事情，眞是不好意思。」

翔香代替和彥認眞地低頭道謝。

「哪裡，小事而已。」鷹志輕快回應，然後神色變得有些嚴肅。「比起這個，鹿島，妳要記住，像這樣一兩個小時的訓練，不會讓妳記住這些招式。不要忘了這一點。」

「嗯，我在家裡也會繼續練習的。」

鷹志聞言，苦笑著搖了搖頭。

「我不是這個意思。不論再怎麼練習，半吊子功夫還是半吊子功夫。君子不立危牆之下，這才是最重要的。」

「那……」

既然這樣，為什麼要教她防身術呢？翔香納悶，鷹志又補充：

「事情總有個萬一，即使只是短短的時間，實際練習過能增加妳的自信。一旦真的遇到危險時也能讓妳更冷靜。記住，只要不慌張，總有辦法應對。即使雙手雙腳被壓制，妳也能呼救。不管是怎麼樣的對手，對方都只有兩隻手，不可能同時制住妳的頭、肩膀、手肘、腳跟嘴巴。」

「嗯。」

翔香點了點頭，和彥卻插話進來：

「也有一開始就讓妳昏倒的辦法。」

「你這麼說就沒意思了。」鷹志苦笑著說：「正如我剛才所說，遠離危險才是最好的辦法。」

7

練習結束，翔香回到劍道社活動室換衣服。

雖然晚翔香一步，不過鷹志似乎也換起衣服。翔香聽到隔壁的柔道社活動室傳來聲響。

翔香匆忙換好衣服，盡快逃離這個充滿獨特氣味的劍道社活動室。正當她要拿起書包時，手突然停住。她聽見了鷹志與和彥的對話。

「……你說什麼？」

鷹志的聲音響起，語氣中摻著驚訝，還帶著詰問。

「這就是我要拜託你的另一件事。」

和彥的聲音說道。

「可是……你到底是什麼意思？」

鷹志難得追問，可見和彥提出了相當費解的要求。

「抱歉，我不能說原因。等一切結束我會告訴你，但現在還不行。」

「……」

「拜託了。」

「……爲什麼不能說？」

「我知道你口風很緊。然而還是會造成影響，而且我也還沒有百分百確定。」

「好，那我就不問了。但是……你一定有其他方法吧，爲什麼要冒這麼大的險？」

「要是有別條路可走，我早就選那條路了。」

「……很危險喔。」

「我知道。不過正所謂『不入虎穴焉得虎子』嘛。」

「如果你想要小老虎，就應該找獵人。外行人出手，可是會受傷的。」

「要找警察的話，就必須先掌握確鑿的證據。」

「……爲什麼你要做到這個地步？」

「……」

「爲了她嗎？」

一陣短暫的沉默。

翔香忍不住豎起耳朵，只聽和彥帶著苦笑回答：

「誰知道呢。」

翔香不禁嘆氣，牆壁另一邊也傳來鷹志的嘆息聲。

「……這眞的有必要嗎？」

「嗯。」

「一切結束，你會對我解釋吧？」

這算是鷹志的妥協。

「抱歉，多謝了。」

拉門滑動聲響起，和彥出了柔道社活動室。

「鹿島，妳還沒換好嗎？」

「啊，馬上好。」

翔香急忙離開劍道社活動室。

和彥已經準備好回家了，但鷹志不見蹤影，大概還在柔道社活動室。

「關同學呢？」

「我請他做別的事情。」

「什麼事？」

和彥苦笑。

「不告訴妳。」

妳差不多該學乖了吧——和彥擺出一副想這麼說的樣子。

兩人出了道場，走向校門的同時，和彥告訴翔香：

「我們稍微繞個路。」

「去哪裡？……如果可以問的話。」

「八幡神社。」和彥簡短回答，看了看手錶。「我們得快點，遲到就不好了。」

「遲到？什麼遲到？」

和彥瞥了翔香一眼。

「最後一幕的開演呀。」

8

兩人到達八幡神社時，時間剛過四點二十分。太陽逐漸西斜。

「所以呢？這裡有什麼？」

和彥眼神鋒利地環顧四周，然後回答翔香。

「先上去再說。」

和彥和翔香走上神社的石階。

到石階頂端，正面是座鳥居。石製鳥居根部長滿青苔，令人感受到悠久歷史。

和彥穿過鳥居，進入神社境內，但很快停下腳步，回頭看翔香。

「怎麼了？」

翔香在鳥居下停住了腳步。

「我不太清楚……但是有種……不好的感覺。」

和彥用探究的眼神盯著翔香。

「原來如此。妳果然隱約留有記憶。」

「……什麼意思？」

「我馬上解釋，但不是在這裡。」

和彥環顧四周。「停車場在那邊……過來的話應該會從那邊來……好，跟我來。」

和彥帶著翔香走往參道的右側。

神社內林木繁茂，不論哪邊的神社都大抵如此。和彥挑了其中草木特別茂密的樹叢，走了進去。

「你是要玩躲貓貓嗎？」

「正是如此，我們要躲起來。」

和彥蹲在草叢後。如此一來，外面完全看不見穿著制服蹲在暗處的和彥。

「快過來。」

「知道了啦。」

翔香繞過茂密的草叢，蹲在和彥身旁。

「那麼……我們在等誰？」

和彥警覺地盯著參道，同時回答：

「當然是犯人。」

「什麼？」

「害妳遇到這種事的罪魁禍首。」

「可是……你怎麼知道對方會來這裡？」

和彥不以爲意地回答。

「因爲我把他叫來。」

「你說什麼？」

翔香倒抽一口氣。

「犯人」是曾經兩次試圖殺害翔香的人物。和彥居然特意把這樣的凶惡人物叫了出來，實在太瘋狂了。怪不得會被鷹志說很危險。

「這次我們要做個了結。」

和彥堅決說道。

9

「可是……是誰？到底是誰？」

聽到翔香問出最重要的問題，和彥從口袋裡拿出一台小型機器。

「那是什麼？」

「這是錄音機。」

和彥轉向翔香，指著制服的胸前口袋。只見上面附著一個類似小巧按鈕的東西。

「這台錄音機可以錄下這個麥克風接收到的聲音。」

「……竊聽器？」

和彥皺起眉頭。

「別說得那麼難聽。這是一個小型通訊設備，以前我出於興趣製作的還有剩，我就稍微修改一下接收器，讓它可以錄音。」

「……你手眞是巧。」

不僅喜歡塡字遊戲，還喜歡搗鼓機械，和彥可說是多才多藝。

「等一下喔。」

和彥操作錄音機。錄音機傳來錄音帶倒帶的聲響。

「應該是這裡。」

和彥停下錄音帶，往錄音機插上耳機。他戴上其中一邊的耳機，另一邊遞給翔香。

「……」

翔香不明就裡地戴上了耳機。

「我趁妳和關在道場時，打電話約對方見面。這就是那通電話的紀錄。」

和彥解釋著按下播放鍵。翔香屏住呼吸，全神貫注地聆聽。

「……就是這樣。」

最初的部分被剪掉了，不過這是和彥的聲音。

「我聽不懂你在說什麼。」

一個成年男子的聲音回應。對方的聲音聽起來有點模糊，可能因爲是電話中的聲音。

翔香總覺得這聲音似曾相識。

「那麼就讓我把話說得更清楚一點。上個星期天，還有這星期三跟星期五，您對某一位女學生做了一些事——您想起來了嗎？」

和彥的說話方式十分客氣。

「……我完全不知道你在說什麼。」

「您大可繼續裝傻，不過我特地打這通電話，就是因爲我手中握有確鑿的證據。」

「……」

「好吧，既然您說不知道，我只能交給相關部門處理了。不過您應該很傷腦筋吧？」

「……」

「我會這麼說，也是希望您提供一些方便。我們就各取所需，交換彼此想要的東西，您覺得如何呢？」

翔香忍不住看和彥，和彥禁不住笑了。

「讓對方覺得這邊也不是什麼好人，比較容易使對方上鉤。而且這麼說的話，對方也會覺得可以掌控局面。」

事實證明和彥的判斷正確。

「……你想要什麼？」

「電話上不方便說。我們見面談吧。今天傍晚四點半，在八幡神社的境內。」

「眞是突然。」

「畢竟有很多原因。」

「話說回來，你到底是誰？你的聲音有點耳熟。」

「呵呵……是嗎？不知道是誰呢。到時您來就知道了。」

十分出色的壞人樣，看來和彥似乎有演戲的天賦。

「……好吧，四點半在八幡神社。」

「嗯，請準時。我無法和不守時的人談事情。」

「知道了，我會去的。」

「恭候大駕。」

和彥停下錄音機。

翔香看了看手錶，現在已經是四點二十八分了。

「那麼……這是誰？」

「妳還不明白嗎？」

「是我認識的人？」

「是中田，英文讀解的老師。」

翔香倒抽了一口氣。

10

「但是……怎麼可能……」

「在那三封信的其中一封信，監視美術教室的結果裡出現了中田的名字。」

和彥解開制服，從內側口袋拿出信封。

信封中的信紙上，幹代的筆跡寫著以下文字：

「報告書：關於進出美術教室的人員

十二點二十二分，三名二年級生進入教室，二十五分離開。

十二點四十五分，中田老師進入教室，五十三分離開。

十二點五十五分開始，一年級生陸續進入教室，應該是來上第四節課。

十二點五十八分，監視結束。回到教室……大概是這樣的感覺，可以嗎？」

翔香從信紙上抬起頭。

「但是，光憑這些……」

「還有其他判斷依據。中田答應邀約，就是有力的佐證。另外最關鍵的是在第四封信裡，有寫出中田是罪魁禍首。」

和彥第一次提到「第四封信」的內容。雖然原則上他要避免提供翔香「預備知識」，不過到這個階段，和彥想必認爲沒有必要隱瞞了。

「可是……可是爲什麼中田老師要殺我呢？」

「應該是因爲星期天的事。星期天的事情被妳知道了，中田感到害怕，星期一和星期二才會請假。然而學校毫無動靜，他可能因此覺得自己想太多了，所以星期三又來學校，然後見到了妳……我記得妳這麼說過吧？」

和彥說的是星期三午休時間，翔香追著和彥到圖書館。

沒錯，當時翔香確實告訴了中田，自己要前往圖書館。中田聽到這件事便等待翔香回來。這樣的推論很合理，但是——

「但是他推落花盆的計畫失敗了。中田只好尋找下一個機會，就是星期五的車。」

「……所以說，到底是爲什麼？星期天到底發生了什麼？我到底看到了什麼？」

和彥注視著翔香，然後簡短回答。

「強暴。」

「咦？」

「事情是計畫犯案，還是衝動犯罪，這點不得而知。星期天從唱片行回家的妳被中田尾隨，並在這個神社遭到襲擊。」

翔香感覺到血液逐漸從臉上褪去。

「騙人……」

「這就是一切的開端。妳被中田撲倒，後腦杓撞到某處。當時的衝擊與想要逃離恐懼的心情，讓妳進行了第一次的跳躍。」

「這……不是眞的……」

翔香全身不停顫抖。

強暴？中田老師？……對我？

翔香不由自主地抱緊自己的身體。

那麼現在的身體已經是被強暴過的身體嗎？雖然迄今一直沒注意到，但自己的身體其實被玷汙了嗎？

「你騙人！」

「冷靜點，鹿島。」

翔香不假思索地想起身，和彥抓住了她的手臂，在她耳邊急促低語：

「妳的確在星期天遭到襲擊，但結果『尚未』確定。因爲對妳而言，是『未來』的事情。當妳回到星期天的空白時間時，才會決定一切。妳是遭到強暴，還是成功逃脫，全取決於妳自己。」

「……」

「去吧，鹿島。去保護好自己的身體。」

這就是原因。所以和彥才要她學防身術。

「但是——」

「妳已經逃過一次了。妳跳躍時間逃跑了，但妳不能一直逃下去。即使害怕，妳也得面對，否則妳的時間永遠無法回到正軌。」

「那種事……根本沒辦法！」

翔香大喊。

「爲什麼不可能？」

她明白和彥的話，也覺得他說得對。但星期天的翔香正在遭受中田的襲擊，她實在太害怕，根本無法回到那個「時間點」。靠著臨時學的防身術，無法讓她擁有「面對」的勇氣。

「你是男生，所以你才能這麼說。反正事不關己，你才能這麼輕易叫人面對！」

「事不關己？」

和彥一瞬間露出險峻表情，隨後嘴角浮現出一抹熟悉的笑容。

「沒錯，對我來說，確實事不關己。如果只有妳會遭遇危險，那麼也只有妳要解決問題。隨妳便。妳要一直逃避也可以。反正困擾的是妳，不是我。」

和彥無情的語氣讓翔香啞口無言。

「……」

「總之，我現在要和中田對決。不論是自首，還是逮捕，我都會確保他今後無法再對妳出手。我做得到的，就到此爲止。」

「……」

「我再說一次。星期天的我無法幫助妳，妳只能靠自己突破。」

說完這些話，和彥將目光轉回參道。

「……」

和彥會生氣也無可厚非。至今爲止，和彥一直絞盡腦汁，挺身幫助翔香。此外，他甚至還冒著極大危險，試圖和犯人直接對決。翔香自己原本該做的事情，幾乎都由和彥代勞了。結果翔香卻試圖逃避只有她自己才能做的事情，這樣根本說不過去。

翔香明白這個道理，但她依然無法覺悟。她無法鼓起勇氣面對星期天的中田。

「他來了。」

和彥低聲道。

11

開始被夕陽染紅的神社境內，英語教師中田輝雄現身了。

「鹿島，」和彥重新設定好錄音機，遞給翔香。「這個就交給妳，我想把我和他的交談都錄下來。」

和彥告訴鷹志，他們需要更多證據才能求助警察。正因如此，和彥才策畫了這場與中田的對決來取得證據。

「我明白了，不過……你沒問題嗎？」

翔香接過錄音機，緊緊盯著和彥。

「我會搞定的。」和彥擺出笑容說道。「那麼，我走了。」

「小心點。」

和彥站起身朝參道走去，中田察覺到靠近的人影，姿勢變得有些戒備。

和彥走向中田。由於和翔香的位置有一定距離，翔香無法直接聽到對話。就這一點來說，竊聽器確實很方便。翔香確認錄音機在運作，並戴上耳機。

「很高興您能來，中田老師。」

和彥的聲音從耳機傳來，收訊狀態良好。

「若松……是你？」

耳機傳出中田大爲吃驚的聲音。

「呵呵……意外嗎？」

和彥照樣用那種既有禮，又像找碴的語氣回答，給人一種知識型黑道的印象。他說不定意外對此知識豐富。

「你是一個人嗎？」

「當然。要是能在人多的地方談，我就不用特地叫老師出來了。」

「……」

「直截了當一點吧。我手上有讓老師百口莫辯的證據。」

和彥這麼說。要是真的有證據，和彥也不用這麼費工夫了。他顯然是虛張聲勢。

「你想要什麼？你成績優秀，應該不是爲了學業吧？金錢？」

翔香咬緊嘴唇。這種話實在難以想像來自一個教育者口中。

「我才不需要那種東西——不過，我實在不明白。以老師的條件，不會缺女人吧？爲什麼冒這麼大的風險？」

「……你在說什麼？」

「這個時候就請別再裝傻了，這樣只是浪費時間。我指的當然是強暴。」

「……都是衝動啊。」

相較於回答的內容，中田說得很平靜。

「……這種麻煩的衝動，不是應該好好克制住嗎？」

「要是克制得住這股衝動，我就不用那麼麻煩了。我自己也覺得我這人很麻煩。」

中田從喉間發出笑聲。

「想殺鹿島也是出自衝動？」

「那次眞是敗筆。不知道爲什麼她認出了我。呵呵……果然不該挑學校的學生下手。」

「所以老師才想封她口？從性侵到謀殺……老師可眞是個大壞蛋呢。」

「彼此彼此吧，你不也想威脅我嗎。說吧，你的要求是什麼——不，在那之前，讓我看看你的證據。」

中田的要求理所當然。和彥假裝握有根本不存在的證據，現在到底要如何應對呢？

「這倒也是。」

和彥面不改色地接受了要求。

「一張小小的照片而已。」

和彥一邊說，開始解開制服的釦子，假裝證據就收在內側口袋中。

就在此時，昏暗的神社境內突然亮起三道光芒。

兩道光芒來自中田的雙眼。他的眼中閃爍著明顯的殺意。

第三道是刀鋒的光芒。不知道中田把刀子藏在哪裡，只見他拔出刀子，直接刺向和彥的腹部。

和彥連閃都來不及閃，刀子深深刺進他的左側腹。

「嗚啊！」

即使不用耳機，痛苦的叫聲也傳入了翔香耳中。

「若松同學！」

翔香情不自禁地衝了出去，和彥緩緩倒在參道的石板上。

和彥被刺了？

那個不論過去未來，幾乎看透一切，掌握所有事情的和彥竟然……被刺了？

即使是和彥也沒預料到中田有這種暴舉。到最後關頭，和彥判斷失誤。在中田面前，和彥敗北了。

和彥毫無動靜。他的身體蜷曲成く的形狀，一動也不動。

她難以置信，也不願相信。

翔香搖頭，然後發出尖叫。

第8章　到了星期天

1

頭好痛，感覺後腦杓像裂開了。

翔香仰面躺在地上。後腦杓似乎在倒地時撞到地面。

好暗。

翔香可能昏過去了。不知不覺，周圍已經變得一片漆黑。

翔香試圖起身，卻無法動彈。她的手腳都被緊緊拘住了。

有什麼東西壓著她。有人正壓在翔香的身上。

她的胸口傳來不適的感觸，那是一張臉。有人把臉貼在她的胸口。

翔香激烈掙扎，卻絲毫無法掙脫束縛。她的手摸到了一個平滑堅硬的東西。但就算想當武器，她的手也抬不起來。

「呵呵……妳就試著逃逃看啊……」

她聽到一陣從喉間發出的笑聲。臉貼在她胸口的男人正嘲笑她的掙扎。那是中田。

知道是中田後，翔香的恐懼被滿腔怒火取代。中田在表面上是個通情達理的老師，實際上一再做出可憎下流的行爲，甚至爲了保守祕密不惜殺人。更重要的是，他還刺傷了和彥。

「中田老師！你這個人渣！」

翔香爆出怒吼。中田悚然地抬起頭。他的臉上戴著摔角選手似的布料面罩。

——可以用肩膀。

翔香的腦海中響起鷹志的聲音。翔香的身體彷彿在聲音的引導下動起來。她用力轉動手臂，用右肩猛擊中田的臉。

「嘎！」

中田的臉被撞得往後仰起，對她上半身的束縛也隨之放鬆，翔香的雙手得到自由。

——用肘擊。

翔香再次聽從鷹志的聲音，揚起手肘，瞄準面罩下的鼻子一帶。

「咕啊！」

中田痛苦慘叫，身體翻滾倒地。

趁著這個機會，翔香站了起來。她環顧四周，尋找和彥的身影，但遍尋不找倒在參道上的和彥。

此時翔香注意到自己手中。她拿著平滑堅硬的東西，是裝在螢光堂袋子裡的ＣＤ。

也就是說，現在是……

「該死……」

她聽到中田痛苦的呻吟聲。他用一隻手摀著鼻子，手被濡濕染紅，大概流了鼻血。

趁中田還沒爬起來，翔香轉身就跑，迅速逃離了神社。

現在是星期天，翔香再次回到過去。

和彥沒事，「現在」還平安無事。

2

「啊，歡迎回來。ＣＤ買到了嗎？」

一回到家，若子就從客廳喊道。

「嗯。」

翔香心不在焉地應聲，走上了樓梯。

進了房間，她把ＣＤ扔到桌上，然後撲倒在床上。

她用兩手抓住床單，臉埋在床上。翔香全身都在顫抖。

多虧鷹志，翔香才能保護自己。所以這件事就先不管了。更重要的問題是和彥。和彥在星期六被中田刺傷，說不定會死。

該怎麼辦？要怎麼做才能救和彥？

趁現在告訴和彥嗎？不，那樣不行。原因不是導致時間重組，而是「現在」的和彥不可能相信。即便是星期三的和彥，也不相信翔香的話，更不用說星期三的三天前了。至少要到星期四以後的和彥，才會站在翔香這一邊。

沒錯，和彥是站在翔香這一邊的。不管他冷淡與否，或毫不體貼，和彥都站在翔香這一邊。他是翔香最可靠的友軍，結果……遭遇了那種事。

和彥被刺都是翔香的責任。如果不是翔香依賴和彥，和彥就不會遇到這樣的事。

翔香無論如何都要救和彥。至今為止，和彥已經多次保護翔香，這次輪到翔香保護和彥了。

沒錯，就是因為如此。正因如此，翔香才能回到星期天。只要回到星期天，就救得到和彥。翔香想必就是因為這樣，才能回到有中田等著的星期天。

但該怎麼辦？

「對了！信……」

翔香抬起頭。

和彥透過信件在過一段時間後傳遞訊息。現在只要如法炮製，寫第四封信給鷹志就好。

「第四封信——」翔香喃喃低語。

這第四封信嗎？星期五晚上，鷹志拿出的第四封信，就是現在要寫的這封信嗎？

不，不對，不可能。如果是這樣，和彥不可能不採取對策，也不會栽在中田手上。

這麼說來，那封信應該只是讓和彥確定中田是犯人的證據。

不過翔香現在要寫的「第四封信」不同。她須告訴和彥，他將在星期六被刺傷。

要是這麼寫，時間毫無疑問會被重新構築。

和彥和翔香一直努力避免時間重組，現在翔香打算親自犯忌。

她必須讓時間重組。她不准許和彥被刺的「過去」存在。

翔香寫了「第四封信」，時間就會重新構築，而重新構築的時間不是星期六之後的時間。正因爲「和彥被刺的星期六」存在，翔香現在才會在「星期天」。只要星期六改變，現在這裡「星期天的翔香」也會改變。因此翔香在星期天以後，與和彥共度的一週時光，全都會重組。

即使如此，也沒關係。

翔香堅決地下定決心。

即使重新構築後的時間，和彥不一定站在翔香這邊，她也沒關係。和彥得救就好。

3

翔香起身拿書包。她想拿出信箋組和學生通訊錄，書包裡卻找不到。

——回到星期天時，不要忘了放入通訊錄和信箋組。

翔香回想起和彥的話。

通訊錄在書架上，信箋組在桌子的抽屜裡。信箋組裡還剩下六個信封。

翔香取出其中一個信封，在收件欄寫上鷹志的名字和住址，寄件欄則和之前的三封信一樣，寫著「聯絡前請默默保管，若松」。

翔香在信封貼上郵票，再拿出幾張信紙，剩餘的信箋組和通訊錄放進書包口袋。

接著翔香坐回桌前。

這下要怎麼寫呢？

翔香稍作思考，先在信中寫下星期天的事情：中田試圖襲擊她，這件事也是時間跳躍的開端。星期一頭痛是因爲被推倒時，頭撞到地面。因爲鷹志的訓練，她成功逃離了魔爪……

接下來，翔香深呼吸，提筆寫下星期六的經過。

和彥約中田在八幡神社見面，當和彥把手伸向內側口袋時，中田用刀刺中他的腹部。

「……中田老師是一個比你想像得更可怕的人。拜託別考慮直接對決。我不會有事的，即使時間重組，我也能自己想辦法。所以請逃吧，我不希望你死。」

翔香放下筆，摺疊信紙，放入信封內封好。

接著她便出門到附近的郵筒，投寄這封信。

已經是晚上了。這封信會在星期一被郵局收走。然後送到鷹志家裡，再經過鷹志的手，在星期五晚上交到和彥手裡。

翔香寫了「第四封信」，應該會導致時間重組。不過時間到底會在什麼時候重組，又怎麼重組呢？

翔香寫完「第四封信」後，並沒有發生變化。把信丟進郵筒後，同樣沒有變化。還是說，要等「第四封信」送到和彥手裡，才會發生變化？自己是不是要等到星期五呢？

但不論是「星期五」，還是「星期六」，理應已經匯集成現在的「星期天」。這樣的話，重組應該是從「星期天」開始。說不定重組已經開始了，只是翔香沒注意到？

翔香毫無頭緒。或許她又忽略了什麼。

如果和彥還在，翔香就能問他。接著和彥就會像至今爲止一樣，提供條理清晰又簡單明快的答案。然而和彥已經不在了。「能陪翔香商量的和彥」已經不在了。

4

回到家，翔香立刻洗澡。她覺得中田的手的觸感還留在身上，讓她無比厭惡。

翔香花了很長時間，仔細地清洗身體。雖然身體感覺清爽了，但是身體暖和之後，後腦杓的疼痛更加劇烈。

她小心翼翼地觸摸後腦杓，發現摸起來發燙，甚至還有種柔軟浮腫的感覺。如果是經過鷹志指導的翔香，應該就能使出護身倒法。不過被撲倒的翔香對護身倒法一無所知。

不過，如果沒有那次撞擊，翔香說不定就不會發生時間跳躍。

若真如此，撞到頭反而是她運氣好。要是沒有時間跳躍，翔香就不會知道如何擊退中田。而且，她就不會得到跟和彥共度的時光。

即使如此，頭痛依然難以忍受。翔香本來就情緒高昂，加上後腦杓的疼痛，更是讓她無法入睡。

然而，若不入睡，翔香就無法時間跳躍。照道理來說，即便不入睡，她應該也能在星期一早晨前進行跳躍。不過她實在無法接受這麼長一段時間，都要苦悶地忍受這份疼痛。

有安眠藥就好了，但需要醫生處方的藥物在急需時來不及。於是，翔香決定求助英介。

「爸爸，我能喝點酒嗎？」

「這孩子在說什麼呢？」

旁邊的若子感到驚訝，英介卻一臉高興：

「翔香也到了這個年紀啊。」

他一臉開心，從櫥櫃裡拿出白蘭地和杯子。

「說什麼這個年紀，她還只有十七歲喔！明天還要上學……」

若子皺眉，翔香雙手合十請求道：

「只喝一點嘛。我有點睡不著。」

「哎，別那麼死板嘛。我也很想和女兒一起喝個一次酒。」

英介連冰塊都自己準備好了，隨時準備開喝。

「喝多了明天宿醉，到時我可不管你們。」

若子警告兩人，但又補了一句：

「那我拿點下酒菜過來。」

她轉身走向廚房，似乎和英介有同樣心情。

可能因爲情緒高昂，醉意遲遲未來。甚至由於血液循環變快，讓翔香頭痛變得更嚴重。即使如此，酒喝到最後，翔香還是感到身體開始充滿舒適的疲憊感，眼皮沉重起來。

「翔香，想睡就回床上。」

「嗯……」

翔香懶洋洋地回應若子的話。

這樣就睡得著了。睜開眼睛就是明天了。

明天……翔香的「明天」到底是什麼時候？

時間的重組具體來說，到底會怎麼樣？是依序重新經歷已過的星期一、星期二、星期三等日子，還是直接跳躍到「重組後的星期六」？

翔香不得而知。不過這不重要。只要避免和彥被刺傷，那就夠了。

請讓若松同學平安無事……

懷著這樣的願望，翔香閉上了眼睛。

5

天空一片通紅，被夕陽染紅了。

翔香漫不經心地望著天空，然後突然清醒，環顧四周。

黑壓壓的樹木、鳥居、參道，這裡是八幡神社。

「現在」不是星期一的早晨，而是星期六的傍晚。翔香再次時間跳躍。

然而，一切都沒有變化。翔香眼中的景象和跳躍前完全相同。

和彥倒在參道上，前方是手中拿著刀的中田。

「怎麼會……」

翔香呆愣地喃喃自語。

翔香確實寄出了警告信，可是爲什麼？

信件沒有送達嗎？還是說，歷史的「自我修正」眞的存在，阻止了時間重組？和彥的命運難道就是注定被刺？

「騙人……這不是眞的……」

翔香搖了搖頭。沒錯，這是夢。這不是星期六，這是夢。翔香喝了白蘭地，才作了這個噩夢。

「……鹿島？」

中田流露出驚訝，但很快變成殘忍、陰森的殺人者面孔。

「眞是太好了，這樣就一次解決兩個人了。」

中田抿嘴笑道。

「是夢……這是一場夢……這是夢……」

翔香搖著頭。

「妳眞是添了我不少麻煩。」

中田握緊刀，慢慢走近。

快點……快點……快醒過來……

翔香一步步後退。

「不過，妳的騎士已經不在了。」中田張大雙眼。「這次就是最後了！」

啊……我又要跳躍了……

就在翔香這麼想的瞬間。

「是嗎？」

一道黑影滑入翔香和中田之間。

結實骨架，寬闊背部，是關鷹志。原本應該留在道場的鷹志，正好這一刻出現。

「關同學？」驚訝的翔香被鷹志擋在身後。

穿著制服的鷹志對中田說：

「你這是殺人未遂的現行犯……一般人在這種情況也有逮捕權，老師您知道嗎？」

「嘖。」

中田嘖了一聲，不問青紅皀白地攻向鷹志，但他挑錯了對手。

「乖乖放棄吧，老師。」

鷹志輕鬆躲過中田揮舞的刀，左手緊緊抓住中田的右臂。下一刻，鷹志的右手抓住中田衣領，中田的身體旋即在空中翻轉。

鷹志使出強力的摔技，中田背部撞擊地面，僅發出一聲痛苦的呻吟便昏厥過去。

「要找人幹架之前，得看看對手是誰啊，老師。」鷹志俯瞰著中田，然後轉身看翔香：「妳沒事吧？」

「沒事……但是……關同學怎麼在這裡？」

「若松讓我暗中保護妳，說會發生這種事。」

然而，翔香並沒有聽完整句話。聽到「若松」這個名字，她便反射性地跑起來。

「若松同學，若松同學！」

翔香坐在和彥身邊，搖晃著他一動也不動的身體。

「振作起來！睜開眼睛！不要死！我不要你死！」

「別擔心，鹿島，他昏過去而已。」

鷹志冷靜地安撫翔香。

「昏過去……可是他被刺中了肚子啊！」

「就因爲是肚子，所以沒事。」

鷹志說出奇妙話語後，遞給翔香用手帕包著的刀。這是從中田手中奪過來的刀。

「妳看，刀上沒有血跡吧？」

確實。翔香慌忙檢查和彥的腹部，也沒有發現血跡。

「稍等一下，現在幫他做點急救。」

鷹志放下刀，扶起和彥的上身，用膝蓋支撐他的背部，讓和彥挺起胸膛。

「嗯……」

和彥的唇間漏出一聲呻吟。

和彥慢慢睜開眼睛。

他還活著，和彥還活著。

「……看來……成功了……」

和彥環顧四周，露出一抹微笑。他的笑容一如往常，是帶著點調侃的嘲諷微笑。

「若松同學……」

翔香因為安心過度，癱坐在地上。

「妳看，我就說不用擔心了吧？」

鷹志對翔香笑道。

「可是……爲什麼？爲什麼他沒事？」

中田的刀確實刺入了和彥的腹部，翔香覺得自己彷彿看了一場魔法表演。

「因爲我知道他會刺向腹部。」

和彥說著，解開制服，捲起襯衫。和彥的腹部被白色紗布緊緊包裹。不只如此，空隙間還塞了幾個壓扁的空罐頭。

「我不是告訴過妳，我也看過『坐車的』嗎？」

和彥對翔香眨了眨眼。

第四封信確實送到和彥手中。和彥知道自己被刺卻依然和中田對峙——他故意讓自己被刺。

當時在柔道社活動室，和彥和鷹志商量的就是這件事。不只是和中田對決，和彥連他會故意被刺的事情都告訴了鷹志。所以鷹志才說很危險。和彥和鷹志的談論，其實比翔香想像的更深入。

翔香目瞪口呆，隨後怒火中燒。

「既然這樣……爲什麼不告訴我！你知道我多擔心……我是抱著怎麼樣的想法……你竟然……你這個笨蛋！」

翔香撲向和彥。

「我又不能告訴妳，理由妳也明白吧？」

和彥躲避翔香的攻擊，一邊解釋。

「你老是這樣子，自己一個人……我不管你了！」

翔香揮拳搥打和彥，眼淚奪眶而出。

「喂，別哭啦，妳別這樣。」

和彥一時不知所措，最終放棄抵抗，任由翔香發泄。

淚流不止的翔香把臉埋在和彥胸前，哭得稀里嘩啦。

「……對不起，讓妳擔心了。」

和彥輕輕說道。

「沒事……太好了……你還活著……」

翔香埋在和彥的懷裡，不停地搖頭。

6

「咳咳。」

一聲刻意的咳嗽聲響起。

「你們感情好是很好，不過是不是忘了這邊還有一個人呀？」

翔香連忙從和彥身邊退開，鷹志一臉笑嘻嘻的樣子。

翔香頓時滿臉通紅。

「總之先擦擦臉吧。臉上都因爲鼻涕和眼淚弄得一團亂了。」

鷹志從口袋裡又掏出一塊手帕，塞到翔香手裡。

「謝謝……」

翔香擦去眼淚，擤了鼻涕。

「能站起來嗎？」

「嗯。」

和彥在鷹志示意下站起身。

「唔……」

才動到一半，和彥的臉上就流露出痛苦。刀子雖然沒刺中，但還是造成傷害。

「若松同學！」

「我沒事。」

翔香連忙試著扶他。和彥看著她點點頭，示意不用擔心，但神情看起來很痛苦。

鷹志麻利地觀察和彥的狀況，判斷沒大礙，表情便柔和了些許。

「你竟然那樣就昏倒了，太不爭氣。我看你得再多鍛鍊一下腹肌。」

「我會的。」和彥苦笑回應。「說到昏倒……那傢伙也昏倒了嗎？」

他指中田。

「是啊，暫時讓他躺在那吧。不過還眞是沒想到……我到現在都還不敢相信。」

鷹志搖了搖頭。

「即使難以相信，不想相信，也有不得不相信的事情。」

和彥回答，他似乎不僅僅說中田的事。

「那麼……接下來該怎麼辦？」

翔香避免看向中田，詢問鷹志與和彥兩人。

回答問題的是鷹志。

「總之我先打個電話給我爸。他應該馬上過來。」

翔香想起和彥提過鷹志的父親是刑警。

「可以嗎？」

「你本來就打這個算盤，還敢講咧。雖然會被刨根掘底地問上一通，不過我應該應付得了。畢竟也不能讓這傢伙逍遙法外。不過……」鷹志笑著看向翔香。

「好不容易學了防身術，結果根本沒得用呢。」

翔香搖了搖頭。

「沒這回事。謝謝你，關同學。」

鷹志露出怪異的表情，但馬上恢復正常，對和彥說：

「總之，我現在打電話。我打電話的時候幫我看著中田。我就在旁邊的公共電話，他醒了就大聲叫我。」

「知道了。」

和彥點點頭，鷹志便小跑步離開神社。

「你身體真的沒事嗎？」

翔香抬頭看著和彥。

「嗯。」

和彥這麼回答，但顯然在忍受痛苦。

「靠著我的肩膀吧。」

「不用了。」

「別逞強。」

「我真的沒事。倒是妳，我交給妳的錄音機怎麼了？」

「啊，糟糕，我忘在那裡了。」

翔香急忙衝出來的時候，錄音機被留在樹叢後。

「眞是的……」

「抱歉，我馬上去拿。」

翔香急忙回到樹叢後撿起錄音機。錄音機仍在錄音，所以她關掉錄音，交給和彥。

和彥從口袋裡拿出盒子，把錄好的錄音帶放進去。

「對了，鹿島，趁關不在，我想確認一下。妳已經完成星期天所有事情了嗎？」

「嗯。」

「這樣遊戲就通關了。妳的冒險就到此爲止了。」

「眞的嗎？」

「是呀。根本原因已經解決，所有空白也塡補完畢，沒有需要『跳躍』的時間。接下來，妳就可以按正常的時序生活。」

「眞的嗎……」

「我也終於擺脫這些麻煩事了。」

「……」

翔香默默地看著和彥。

這樣就結束了嗎？只要「時間跳躍現象」解決了，與和彥共度的時光也會結束嗎？

7

沒過多久，鷹志回來了。

「怎麼樣？」

「被罵了一頓，說不要逞強亂來，不過總之他會過來。」

「這樣啊，那我們就趁現在撤吧。」

「喂喂，別這樣，當事人不在怎麼行？」

「我委託你代替我。我不擅長被問話。」

「我也沒多擅長。」

鷹志皺起了眉頭。

「所以才拜託你啊。幫我跟你老爸編一個不錯的說法。可以的話，希望盡可能不要提到我和鹿島的名字……不過這應該有點難吧。」

「如果你要把那個傢伙，」鷹志瞥向中田。「關進監獄裡的話，那就需要。」

「我想也是。」

和彥聳了聳肩。「好，我會忍耐一下，但今天先放過我和鹿島吧。現在我們情緒都很激動，沒辦法接受問話。」

和彥用一貫的冷靜語氣說道。

「這樣沒說服力啊，若松。」

鷹志苦笑著說。「但鹿島的話，確實如此……好吧，麻煩事都交給我就行了。」

「抱歉……啊，對了還有。」

和彥將那捲錄音帶遞給鷹志。

「把這個交給你爸。這是我和中田對話的錄音，以及剛才的完整經過。我知道錄音帶沒有證據能力，但至少取得你爸的信任。」

「知道了，我會保管好的。」

鷹志將錄音帶放進口袋。

「那麼，鹿島，就麻煩妳照顧這位帥哥。雖然我覺得應該沒問題，但還是幫他包紮一下腹部。他家就在附近。」

「好的。」

翔香點點頭，但和彥搖了搖頭。

「不用。我又不是小孩子，自己的事自己能處理。」

「哦……是嗎？」

鷹志上下打量了和彥一眼，突然出拳輕輕地打了他的肚子一下。雖然打得不重，但對現在的和彥來說，委實不是鬧著玩的。

「唔！」

和彥屏住呼吸，痛得彎下了腰。

「我說關同學！」

翔香慌忙扶住快要倒下的和彥。

「看來這傢伙果然還是需要妳的幫助。」

鷹志向翔香眨了一下眼。

「你……這是……幹什麼。」

和彥用右手捂著左側腹，發出呻吟。

「那麼，鹿島，剩下拜託妳了。妳不用聽這個傻瓜的話。他要是不聽話，就摸摸他的肚子，他就變乖了。」

「關……你給我……記……住。」

和彥瞪著鷹志，但鷹志一副毫不在意。

「好啦，你們再耽擱就跑不掉了。畢竟日本警察的回應速度可是很快的。」

最終章　回到最初的結尾

1

「哦……這就是若松同學家啊……」
翔香仔細打量眼前的房子。
若松家是一座兩層樓的小巧成屋。估計是廚房的位置隔著窗戶透出燈光。
天色已經完全黑了。從八幡神社到和彥家確實很近，但因爲和彥走得很慢，花的時間比預想多了一些。
和彥的側腹部果然在痛。不過即使翔香想扶他，和彥也堅決不肯接受。
「你很固執耶……」
和彥站在玄關前，深吸一口氣，用氣勢挺直了彎起的腰。
「怎麼了？」
「被我妹發現會很麻煩。」
和彥忍住痛苦的表情，打開家門。
「我回來了。」
「歡迎回家。」

一道輕快的嗓音回應。伴隨著啪嗒啪嗒的拖鞋聲，一位短髮的可愛少女出現在面前。她穿著圍裙，似乎正在作飯。

「咦？」她看到翔香，睜大了雙眼。「眞——少見。哥哥竟然帶女孩子回來。」

「囉嗦。」

和彥冷冷回答，脫下鞋子。正要踏上走廊時，他突然停了下來，想必是腹部在痛。不過和彥並未表現出來。

「那個……我是他妹妹，我叫美幸。」

和彥的妹妹垂頭行禮。

「啊，我是鹿島翔香。一直受妳哥哥的照顧。」

翔香跟著回禮。和彥聞言，小聲笑了：

「可不是嗎。」

這句話實在充滿和彥的風格。雖然回想起這一週，他說的確實沒錯。翔香聳了聳肩，而美幸也同樣聳了聳肩。

翔香和美幸看到彼此的動作，兩人都綻放出笑容。

「我哥總是這樣，眞讓人頭疼。」

「別多管閒事。」

和彥怏怏不悅地回答，走向樓梯。

「打擾了。」

翔香向美幸輕輕點頭，脫下鞋子。

通往二樓的樓梯很陡，對現在的和彥來說，要爬上去應該很困難。

「你還好吧？」

翔香顧忌到美幸，小聲詢問和彥，結果反被和彥用取笑的口吻回敬：

「妳才是吧。」

「你們在說什麼？」

美幸露出疑惑的表情，和彥轉過身來對她說：

「鹿島有個看到樓梯就想摔下去的習慣。」

「什麼？」

「才不是，」翔香慌忙揮手解釋。「我只是有點笨手笨腳而已。」

「哦。」美幸被逗得笑起來。「那麼我準備一些墊子，以防妳真的掉下來，怎麼樣？」

2

果不其然，對現在的和彥來說，這段樓梯是艱困的大工程。他幾乎每踏一步，身體就因爲疼痛而顫抖。

「我來扶你吧。」

「不用。倒是美幸來了，就告訴我一聲。」

和彥依舊固執。

他按著側腹，好不容易爬上了二樓，便靠著牆大口喘氣。

從樓梯上二樓後，是一條短短的走廊。右手邊和正面各有一扇門。正面的門似乎是美幸的房間。門上掛著一個寫著「KNOCK PLEASE」的可愛牌子。

咦？

這景象似曾相識，翔香想著。她在某處見過這幅景象，難道這就是所謂的既視感嗎？

「這邊。」

和彥打開了右邊的房門，走進房間。

這是一間舒適的房間。窗邊的書桌、牆邊一整排的書架跟床，在在都打理得井井有條，彷彿反映出房間主人的個性。家具的顏色都是黑色或灰色，就連窗簾和地毯也都統一成黑白色調。

「……」

「怎麼了？」

看到站在那裡的翔香，和彥露出疑惑的表情。

「沒……沒什麼。」

翔香搖了搖頭。

和彥把書包放在書桌上，頹坐在床上，然後痛苦地嘆了口氣。

「……讓我看看你的肚子。」

「包紮我自己來。」

「讓我看看。」

「不要。」

「讓我看！不然——」

翔香握緊了拳頭。

「那傢伙竟然灌輸了多餘的知識……」

和彥認輸似地嘆了口氣。

他脫下制服，撩起襯衫，然後解開緊緊纏在身上的繃帶。

大概是原本施加的壓力放鬆了，隨著繃帶解開，和彥臉上的痛苦愈來愈明顯。

「我幫你。」

看不下去的翔香跪在床邊，迅速解開繃帶，從中掉出了壓扁的空罐。一個、兩個、三個、四個……每個罐子都是新的，上面畫著桃子、橘子和鳳梨。其中一個橘子罐上，有一個不大的深深凹痕，顯然是刀子造成的痕跡。

和彥的側腹也浮現出同樣形狀的瘀青，顏色是深得彷彿濃縮過的藍紫色。

「眞嚴重……」

翔香用指尖輕輕碰了碰。

「唔嗯！」

和彥立刻僵硬了身體。

「對不起。」

「麻煩妳溫柔一點。」

和彥一邊抱怨，一邊檢查自己。

「顏色是很嚴重……但應該沒什麼大問題。」

「好像有點發熱，可能需要冰敷一下……」

「雖然位置麻煩，但基本上就是瘀傷……幫我拿一下剛才的藥布。」

「嗯。」

翔香從書包裡拿出路邊藥局買的無味藥布和繃帶。

她把藥布貼在和彥的側腹。

「來，稍微把襯衫拉起來。我幫你纏繃帶，免得藥布脫落。」

「……知道了。」

翔香幫和彥的腹部纏繃帶，詢問：

「是說……你爲什麼不逃呢？」

「我實在沒自信，在時間重新構築之後，是否還能夠成功救到妳。」

「和彥被刀刺的過去」存在之後，和彥就必須「被刀刺」。如果和彥迴避被刀刺，就會導致時間重組。因此和彥才以自己被刀刺爲前提，想辦法保護自己。

「即便如此……」

即使知道是腹部被刺，也不能保證繃帶和空罐完全擋得住。實際上，和彥也受了不輕的傷。

「這確實需要一點覺悟，不過既然我都叫妳不要逃避了，我總不能自己落跑吧。」

「……」

翔香不知道該說什麼。

在那個時候……翔香說「反正事不關己」時，和彥就知道自己會被刀刺。哪怕事先已經知道刀子會刺往腹部，但未來和過去並非恆久不變，和彥仍可能眞的刺傷。儘管如此，和彥還是沒有逃。

他是爲了不讓時間重組，是爲了救翔香。但翔香不清楚眞相，甚至還責備和彥。

3

咚咚咚上樓的輕快腳步聲響起。

「是美幸。」

和彥急忙拉下襯衫，把繃帶和空罐藏在制服底下。

「我進來了。」

美幸端著托盤走進房間。

「哥，把桌子拿出來啦。」

「我來吧。」翔香不希望勞動到和彥。她站起來，把房間角落的小桌子搬到中央。

「啊，謝謝。」

美幸道謝，並把托盤上的東西放到小桌子上。

「這是什麼鬼？」

和彥瞠目結舌，大玻璃碗高高地堆了一大堆水果。

「什麼叫什麼鬼，你把所有罐頭都開了，不快點吃就會壞掉，當然要負責吃囉。」美幸說。

「知道了。」和彥苦笑著回答。

鈴鈴鈴……此時，樓下的電話鈴響了。

「啊，有電話。」美幸站起來，飛快地跑下樓。眞是靈活好動的女孩子。

「眞是可愛的妹妹。」

「只是個沒把哥哥放在眼裡的傢伙而已。」

「哥，有人找你！」美幸在樓下大聲喊道。「是關大哥打來的。」

翔香與和彥對視了一下。

4

「你也自己動一下吧。」美幸一邊抱怨，把無線電話的子機拿了過來。

「辛苦了，妳可以下去了。」

「講得可真夠跩。」

和彥等美幸離開房間，把子機放到耳邊。

「是我，你現在在哪裡？——這樣啊。」和彥暫時遮住話筒，對翔香說：

「他現在在警察局。」

「……那麼，情況怎麼樣了？」

「他正要告訴我們情況。」

「讓我也聽聽。」

等和彥一一轉述太麻煩，翔香直接坐到和彥旁邊，把耳朵貼在話筒的背面。這樣的姿勢讓和彥有些不知如何是好，不過還是不發一語地回到與鷹志的交談。

「那麼，情況怎麼樣？」

「中田在偵訊室。」

雖然有些模糊，但翔香聽得到鷹志的聲音。

「警察相信你的說辭嗎？」

「大致上。至少殺人未遂很明顯，還有附指紋的刀子。」

「另一件事呢？」

「關於那個，最近報紙上報導的婦女連續遇襲事件，似乎就是中田的所作所為。」

「……哦。」

「……原來如此。」和彥淡淡應和。他從中田的言談中，已經推測出過去可能有多位受害者。

「然後呢，雖然說是調查中的機密事項，我老爸不肯詳細告訴我，不過據說警方也一直在注意中田。」

「真的嗎？」

「至少中田是幾十位、幾百位嫌犯中的一個。哎，為了不被喊稅金小偷，我老爸好歹有在工作……總之呢，中田一定會被逮捕。」

「這樣啊……聽到這個我就放心了。」

「我老爸還說，希望和你們兩人談一談，應該可以吧？我老爸會找你們談，也不會透露給報紙或學校知道。」

和彥瞥向翔香，翔香點了點頭。

「沒問題。」

「這樣啊，那請先整理好事情經過，到時請簡單明瞭地依序說明。」

「依序說明……可能有點難。」

和彥依然看著翔香，皺眉沉思。

「還有別忘了跟我說明。我到現在還在納悶，爲什麼你那麼相信自己會被刺中腹部。」

「我知道了。我會向你爸依序說明，也會把一切告訴你。只是不能保證你會相信。」

「說得神祕兮兮的。算了，我就等著聽你的解釋。還有鹿島。」

「是。」

鷹志似乎察覺到翔香也在聽這通電話。突然聽到自己的名字，翔香嚇了一跳。

「那個笨蛋的事情就麻煩妳了。還有若松。」

「什麼事？」

「堅持己見沒什麼不好，不過偶爾也要認輸一下，這樣你才能成爲更大器的人。」

電話就到這邊掛斷了。

和彥瞪著發出嘟嘟聲的聽筒，半晌後露出苦笑。

「竟然給自以爲聰明的小建議……」

然後他切掉子機，對翔香張開雙手。

「這樣就眞的一切都解決了，大功告成。」

「是啊。」

翔香含糊地點點頭。

和彥不知道也是理所當然，不過其實事情還沒完全結束。目前還有一幕尚未揭曉。只是那一幕……

5

電話打完後，抱著總不能每次都麻煩美幸的想法，翔香下樓放電話。

「這個應該放在哪裡？」

翔香拿著子機，詢問在廚房的美幸。

「眞是的，我哥怎麼能讓客人做這種事呢。」美幸接過子機，放回廚房角落的主機上。

「我正打算泡茶，鹿島學姊，妳要咖啡還是紅茶？」

「啊，抱歉，我來泡吧。」

「怎麼能讓客人做這種事呢。」

一番推讓，兩人決定一起合作。

她們用電動磨豆機磨咖啡豆，然後按下咖啡機。不一會，咖啡機便開始冒泡，廚房裡瀰漫著香濃的咖啡香。

「我哥喜歡黑咖啡喔。」

美幸往杯子裡倒咖啡地說。

「是呀。」聽到翔香的回答，美幸眼中浮現好奇的神色。

「那個，鹿島學姊。」

「什麼事？」

「妳和我哥什麼時候在一起的？」

翔香猶豫了一下，然後回答：

「……一週左右吧。」

「我哥雖然總是那樣，但請不要拋棄他喔。他其實也是有優點的。」

「……嗯。」

翔香點頭。

翔香將兩杯咖啡放在托盤上，正要端上樓時，突然停了下來。她回頭看美幸詢問：

「有沒有多餘的靠墊或者坐墊，可以借我用一下嗎？」

「咦？我哥房間裡沒有嗎？」

「有是有，不過我需要用在別的地方。」

「別的地方？」美幸歪著頭，隨後似乎想起了剛才的對話，笑了一下。「妳要放在樓梯下面嗎?」

「嗯。」

原本意在調侃的台詞,卻被翔香認眞點頭回應,美幸瞪大了眼睛。

6

和彥坐在書桌前,那張時間表就攤在桌上。

「你在做什麼?」

翔香將咖啡杯放在桌邊詢問。

「我在想怎麼依序解釋這件事……啊,謝謝。」和彥拿起咖啡杯喝一口。「眞棘手。」

「就是說啊。」

翔香深有同感。

「還是從花盆那件事開始吧,然後是車……覺得事有蹊蹺,所以開始調查,結果察覺到中田的事……要怎麼樣才能察覺到呢……」

翔香喝了一口咖啡,然後深呼吸。

「若松同學。」

「嗯？」

翔香將咖啡杯放在桌邊，轉身面向和彥。

「這次的事也許就這麼結束了……不過萬一又發生可怕的事情，不就可能復發嗎？」

「到時候再來找我吧，我會幫忙的。」

「可是等到發生時，可能會遲了一步。」

「妳要說什麼？要我以後都得待在妳身邊嗎？」

和彥轉過椅子，半開玩笑地抬頭看著她。

「不行嗎？」

翔香凝視著和彥的眼睛。

「……鹿島？」

和彥驚訝地看著她。翔香沒有移開視線。和彥的眼神變得像是進入「思考模式」一般銳利，但她依然沒有移開視線。

最後和彥的表情柔和下來。

「妳實在太冒失了，讓人無法放心啊。」

他的肩膀放鬆下來，露出如釋重負的笑容。

「眞的？」

「我不說謊。」

「那……」翔香感覺臉頰發燙，同時開口：「用行動來證明吧。」

「妳是說要打勾勾嗎？」

翔香搖了搖頭，閉上眼睛，微微揚起嘴唇。

「鹿島……？」

即使聽到和彥吃驚的聲音，翔香也不為所動，只是靜靜等待。

她臉頰發燙，身體發熱，心臟和身體都在羞恥驅使下顫抖。她仍等待和彥的動作。

她感覺到和彥站了起來。

隨著心跳愈來愈快，翔香等待著那一刻的到來。

最後的插曲

翔香跌了下去。

她咚咚咚地用屁股一路彈跳下樓，最後落在抱枕上。

「好痛……」

「怎、怎麼了？」

美幸飛奔過來，見到翔香捂著屁股，驚訝地瞪大了眼睛。她沒想到翔香真的從樓梯上摔下來。

「鹿島學姊……妳在幹什麼？」

這問題讓翔香有點難以回答。

「呃——」

正當她不知道怎麼回答時，樓梯上方傳來和彥的聲音。

「我早就說了，那是鹿島的興趣。」

和彥用右手按著左邊側腹，一步步緩緩走下樓梯。

「啊。」

翔香慌忙起身，但和彥用眼神制止了她。雖然會痛，但和彥顯然不想讓美幸知道。

「興……趣？」

「對，就是這樣。」

和彥以揶揄的口氣回答美幸，然後目光轉向錯過起身機會的翔香。

「看來妳沒有受傷。」

注意到翔香身下的抱枕後，和彥微微一笑，向翔香伸出左手。

「歡迎回來，鹿島。」

「……我回來了。」

翔香握住和彥的手，跟著露出微笑。

現在這一切眞的都結束了。

時間跳躍現象結束了，翔香的時間恢復原狀。

今後自己與和彥會怎麼走下去，翔香不得而知。

但正因爲如此，翔香是自由的。她不再被過去或未來束縛，可以自由活下去。

美幸交互看著翔香與和彥，連連搖頭。

「眞搞不懂你們。」

關於這本書的回憶點滴

我的手上現在有本《時間跳躍的妳來自昨日》單行本（註一）。

這本單行本有著作工精良的硬殼書封，書頁也不是單純的白色，而是淡淡的奶白色。讓我不勝懷念地想起，當時的編輯連選紙也十分講究。

封面由衣谷遊老師繪製。

出版日期……一九九五年。

光看這個數字還不覺得怎麼樣，不過若用二〇二二年計算，相減的數字結果就會讓人眼前一花。（註二）

◆

我的出道作是《Criss Cross混沌的魔王》，我投稿第一屆電擊小說大獎，等待結果揭曉的期間，執筆寫出的作品就是《時間跳躍的妳來自昨日》。

以《穿越時空的少女》爲首，我本就喜歡以時間爲題材的科幻作品。不過促使我提筆寫下這部作品的契機，是我當時在有線電視上觀看的一部名爲《時空怪客（Quantum Leap）》的歐美劇集。

事到如今，我已經忘了詳細劇情。不過我還記得故事並非普通的時空旅行，而是只有意識回到過去，附在過去的人身上，設定非常有趣，令人著迷。

該劇的原文標題是《Quantum Leap》，爲了和一般的時間旅行（身心同時跳躍）做出區別，影集內將「只有意識轉移到過去的自己身上」類型的時間旅行，稱之爲「時間跳躍（Time Leap）」。這個名字也就這樣成爲了我的作品的標題。（註三）

後來，同爲電擊小說獎出身的後輩作家綾崎隼書寫關於時間跳躍的作品時，特地和我確認：

「對時間跳躍一詞定下定義的人就是高畑先生，請問我可以這麼理解嗎？」

眞是個認眞的傢伙。

「我只是爲了在作品內做出區別，才在作品中進行定義。實際上在時間旅行類的科幻小說中，『時間跳躍』一詞的定位到底是什麼，老實說我也不是很清楚。」

我這麼回答。

不過在筒井康隆老師的《穿越時空的少女》（一九六七年）的本文中，就已經出現過「時間跳躍」一詞。因此肯定的是，「時間跳躍」並不是我獨創的名詞。

註一：此處指日文單行本。
註二：日文新版在二〇二二年出版。
註三：日文原文書名直譯即為《時間跳躍》。

◆

順帶一提，當初出版《時間跳躍的妳來自昨日》時，編輯提議「如果請到開山祖師的筒井康隆老師寫後記就好了」且眞的聯絡筒井老師。但當時正值筒井康隆老師宣布停筆的時期，因此未能如願。

「很遺憾，事情就是這樣。」

當我到編輯部開會時，編輯這麼說，並出示一張明信片。上面竟然是筒井康隆老師的親筆回信。儘管回信內容旨在謝卻邀約，但還是在字裡行間提及我的作品。

我不禁屏住呼吸。

「哎，還是有其他可以嘗試的行銷點子，你也不要太沮喪。」

聽到編輯對我這麼說，我回應道：

「不，那倒是無所謂了。」

「啊？」

「總之，請將那張明信片交過來。」

我二話不說搶了明信片回家。

明信片就此成爲我家的家傳之寶。

再順便一提，當我向《古書堂事件手帖》三上延老弟講起這件往事，他喃喃說：

「感覺能賣很多錢呢。」

「你這個金錢的奴隸。」

我如此予以譴責。

◆

和我第一部作品《Criss Cross混沌的魔王》一樣，《時間跳躍的妳來自昨日》也被改編成廣播劇。負責替主角若松和彥配音的是緒方惠美女士——提到緒方惠美女士，就會想到碇真嗣；提到碇真嗣，就會想到那句名台詞「不能逃避」。因此當她用同樣的聲音，說出若松和彥那句台詞時，明明是很帥氣的台詞，卻讓我忍不住笑了起來。

《新世紀福音戰士》播出時間也是在一九九五年，所以《時間跳躍的妳來自昨日》改編成廣播劇的時候，正逢《新世紀福音戰士》人氣火紅的時期。考慮到這一點，我從當時就猜想配音選角是否多少有這方面的考量。

我還有一件事記得很清楚，關於飾演關鷹志的石川英郎先生。故事的後半段，關鷹志有一段教鹿島翔香防身術的橋段。在故事中，儘管事出必要，他還是對觸碰女性身體表現出一點猶豫。

關鷹志在此會帶點客氣地詢問：「我要碰妳囉？」不過石川先生的講法……怎麼說呢，感覺像在小心翼翼地確認對方的態度，又確實夾帶著不純的心思。讓我在旁觀錄音過程的時候，不禁在內心吐槽：「可疑的人就是你！」

後來，我離開錄音室稍微休息一下，發現石川先生也在休息區。我們打招呼聊幾句，結果我在言談間不小心鬆口，直接在本人面前吐槽了「可疑的人」。

石川先生哈哈大笑坦承：「其實我配音時也在想這樣沒問題嗎？」

這個話題就這樣暫告一段落。日後，我看到一位廣播劇聽眾留言：「期待聽到被原作老師吐槽的那句台詞。」讓我不禁心生佩服，沒想到小小插曲也能製造話題。

◆

《時間跳躍的妳來自昨日》改編廣播劇之後，也被拍成電影。

到了這個時候，我已經因爲事情太過順遂而產生不眞實的感覺。面對各種要求，我只是曖昧地點頭答應。

「來拍攝現場看看吧，順便客串一下路人。」

我就這樣被帶到了一所茨城的學校。

當時是什麼時節呢……我記得天氣相當冷。

我沒什麼機會造訪電影拍攝現場，到處好奇地東張西望。

學校內也有學生，不過我實在無法分出他們身上的制服到底是戲服，還是這所學校的制服，於是問了「你是眞的學生嗎？」然後被嘲笑一番（那位是眞的學生）。

此外，廣播劇中飾演若松和彥的緒方惠美女士還爲電影獻唱主題歌，各方面都要感謝她。

◆

回到小說的主題：最初構想中，故事的敘事者（＝視角承載者）其實是若松和彥。當我翻出當初記錄靈感的筆記本，看到自己筆跡留下的備註這麼寫的時候，委實驚訝。

從若松的視角看鹿島翔香的話，她應該就像有著多重人格，講話內容變來變去。而且不只說話內容，就連表現出來的急迫感和親密感也跟著改變。我可能想寫對此困惑不解的若松和彥被翔香搞得團團轉而帶來趣味性。畢竟這個階段的若松和彥，只是一個會慌張、煩惱、也會因爲女生而小鹿亂撞的標準高中男生角色。

不過採取這種寫法，會產生各種不便。想來我就是因此才在某個階段決定反轉整個故事結構。大膽嘗試之下，這番大改造竟然出乎意料成功。老實說，過程十分痛快，讓我判斷這樣行得通。

影響最大的一點是，若松和彥不再是故事敘事者之後，我就不需要描寫他的內心。如此一來，我就可以把他的頭腦提升到超乎常識的程度，減少他釐清狀況需要的程序。

盡可能簡明易懂地傳達給讀者——是我在寫小說時非常重視的一點，我不想讓故事變得錯綜複雜。我希望盡量減少若松和彥解明事情眞相的步驟，同時盡可能壓低鹿島翔香的時間跳躍次數。這兩點透過前述的大改造，奇蹟般完美達成需求。

◆

故事情節底定之後，寫作進展十分順利。這部作品在性質上，無法更動故事線，所以我也不用考慮多餘的事情。畢竟即使事後想到好點子，不管我如何苦苦思索，都無法再加進故事。

只有一處是事後追加，就是尾聲。正是章節標題為〈最後的插曲〉的那一部分。

構思故事的時候，我打算讓這個故事形成完整的環狀結構。我希望將故事寫成從序章開始，在終章結束，不過終章又連到序章的敘事結構。

然而當時的總編輯親自找我談，告訴我：

「這樣故事沒有完結。必須讓讀者有個明確的結尾。」

對我來說，這樣的事後增寫實在非我所願，我百般不情願。

要說我多不情願，從最後一篇的章節標題原本被我命名為〈蛇足〉，略見一斑。

「再怎麼樣，也不能起這樣的名字吧。」

被這麼念了一番便改成現在的標題。事情經過就是這樣。

——不過現在仔細一想，其實當時是我錯了。

總編輯說得對，如果就那樣在終章結束，故事就會給人一種懸而未決的感覺。

「只要讀完前後故事，就能夠推測出故事的結局」跟「故事的結局就是這樣」，兩者帶來的說服力與安心感截然不同。

小說家的某些奇怪堅持實在不能照單全收。

當我完成一部作品後，我就會對作品的世界觀與角色產生感情。

◆

我會開始思考「這些角色之後會怎麼樣呢？」或「如果換個角度來處理這個題材，說不定會有不同的看點」。

我寫完《時間跳躍的妳來自昨日》之後，我也有過模糊構想。

其中一個想法是另一種版本的時間跳躍：故事的主角偶然間得到一個神奇手錶（或類似的東西），手錶其實是某家企業暗中開發的儀器，讓人可以在任意時間點存檔，事後再回到該時間點。這麼一來，如果遭遇失敗，就能從存檔的時間點重來。

在旁人眼中，使用儀器的人就像運氣奇佳無比。開發儀器的企業因此注意到主角並展開追蹤。企業試圖讓主角在無論怎麼走都是死棋的時間點存檔，而主角機智地避開這樣的局面。惱怒的企業最後決定遠距離狙擊主角，收回儀器……故事大致如此。

不過這個故事寫在一九九五年當時也就算了，在已經有《明日邊界（All You Need Is Kill）》、《奇異博士（Doctor Strange）》和《夏日時光（Summer Time Rendering）》等作品問世的二〇二二年，這樣的構想已經過時。

大家有想到什麼好點子的話，請盡可能早點完成並發表出來吧。

◆

另一個想法是完全不同類別的故事，講述若松和彥和鹿島翔香之後的故事。故事具體來說，就是倒敘推理小說（雖然推理小說可否出現超能力者很值得討論，不過在這個故事中，鹿島翔香並不會使用超能力）。

主角是和若松和彥與鹿島翔香同班的男高中生。

故事從一個殺人現場開始，主角進行善後作業，避免留下證據，隨後離開現場。當他試圖爲自己製造不在場證明，到市區時，主角遇到若松和彥（與鹿島翔香約會中）。主角知道若松和彥頭腦好，雖然心中大喊不妙，但還是佯裝冷靜，順利脫身。

幾天後，屍體被人發現並登上新聞。當主角到學校時，遭到若松和彥詢問：

「對了，前幾天你在那裡做什麼？」

若松和彥在這個故事中擔任偵探。由於案件和他沒有直接關係，他並未積極調查。然而隨著第二、第三起事件的發生，主角試圖遠離若松和彥，卻反而讓兩人牽涉得更深。最終若松和彥拆穿主角手法，並揭開隱藏在詭計背後，主角眞正想要隱藏的眞相……故事大致上是這樣。

構思這個故事時，其實我最想寫鹿島翔香將捲入事件，若松和彥激動大喊的橋段。

「你敢把鹿島扯進來，我絕對不會放過你。」

若松和彥失去平素冷靜的樣子，如此發出怒吼，原因是鹿島翔香若是感受到超過一定程度的恐懼，可能會再次引發時間跳躍現象。如此一來，若松和彥便不得不爲了解決事態而費盡苦心。

儘管鹿島翔香能夠正確理解若松和彥發言的眞正意涵，這番話聽在她的耳中合情合理，毫不奇怪。不過對於不知箇中原由的翔香友人而言，這番話想必會讓她們發出嬌羞的尖叫，爲之騷動。要是能夠不著痕跡地表現出雙方反應落差，應該能成爲有趣的橋段。

順帶一提，儘管我已經把故事構想到這個程度，卻依然沒有動筆的原因是……簡單來說，若松和彥的洞察力太強了，故事需求與若松和彥的能力無法取得平衡。我認爲與其硬要寫而寫出不合理的故事，倒不如把故事砍掉重來。

（除了這些，當時記錄靈感的筆記本中還寫下許多其他構思與妄想。雖然現在重讀起來相當有趣，不過沒有完成的作品幕後花絮沒什麼價值，就說到這邊爲止。）

◆

以前筒井康隆老師曾將《穿越時空的少女》稱爲「孝女」。因爲該作多次改編成影視作品，每每替他帶來收益。在此斗膽借用大前輩的謔稱，對我而言，《時間跳躍的妳來自昨日》也可說是我的「孝女」。時隔二十七年，竟然還有機會再出新版，實在不勝感激。

不僅止小說，無論繪畫、音樂、電影還遊戲等，讓作品現身，面向世界的工作，都隱藏著不知何時從哪裡得到迴響的驚喜。

《時間跳躍的妳來自昨日》雖然放在輕小說類別中出版，不過有讀者將其視爲科幻小說，也有讀者視爲推理小說，甚至有人當戀愛小說來讀，大家的見解十分多樣，非常難以預測大家讀完作品的心得。

我經常收聽一個評論電影的廣播節目。去年我像平常一樣，漫不經心聽著節目，竟然聽到主持人提起《時間跳躍的妳來自昨日》和我的名字，我吃驚不已。因爲這個廣播節目和我的工作毫無關係，我純粹出於個人喜好收聽，不曾預想過節目會提到我的作品。這對我來說相當震撼，讓我甚至思考能否以這個情境寫出一篇作品（職業病）。

這次《時間跳躍的妳來自昨日》的新版發行，獲得米澤穗信老師大力推薦。得到專業推理小說家如此高的評價，實在讓我受寵若驚。

我從出道起，就希望寫出得到讀者長久喜愛而不是迅速過氣的作品。在我擔任電擊大獎評審的期間，我也一直推崇不被時代影響的普遍性及貼近現實的心理描寫。

站在這樣的立場來看，即使過了這麼多年，仍有許多人記得我的作品，對我而言是莫大光榮。我的理想也像透過這樣的形式實現了，我真的非常開心。從這個意義上來說，《時間跳躍的妳來自昨日》不僅是個「孝女」，更是幫人達成心願的幸運符吧。

NIL 47／時間跳躍的妳來自昨日

原著書名／新装版 タイム・リープ〈上下〉あしたはきのう
原出版者／KADOKAWA
作　者／高畑京一郎
翻　譯／鍾雨璇
責任編輯／詹凱婷
編輯總監／劉麗真
事業群總經理／謝至平
發 行 人／何飛鵬
出　版／獨步文化
115台北市南港區昆陽街16號4樓
電話：886-2-25000888　傳真：886-2-2500-1951
發　行：英屬蓋曼群島商家庭傳媒股份有限公司城邦分公司
115台北市南港區昆陽街16號8樓
客服專線：02-25007718；25007719
24小時傳真專線：02-25001990；25001991
服務時間：週一至週五上午09:30-12:00；下午13:30-17:00
劃撥帳號：19863813 戶名：書虫股份有限公司
讀者服務信箱：service@readingclub.com.tw
城邦網址：http://www.cite.com.tw
香港發行所：城邦（香港）出版集團有限公司
香港九龍土瓜灣土瓜灣道86號順聯工業大廈6樓A室
電話：852-25086231　傳真：852-25789337
電子信箱：hkcite@biznetvigator.com
馬新發行所／城邦（馬新）出版集團
Cite（M）Sdn. Bhd.（458372U）
41, Jalan Radin Anum, Bandar Baru Seri Petaling,
57000 Kuala Lumpur, Malaysia.
電話：+6(03)-90563833　傳真：+6(03)-90576622
電子信箱：services@cite.my
封面設計／高偉哲
排　版／游淑萍
印　刷／中原造像股份有限公司
●2024年8月初版
售價420元

SHINSOBAN TIME・LEAP <JO> - <GE> ASHITA HA KINOU (GAPPON)

ISBN 9786267415610（平裝）
ISBN 9786267415580（EPUB）

國家圖書館出版品預行編目資料

時間跳躍的妳來自昨日／高畑京一郎著；鍾雨璇譯．–初版．– 台北市：獨步文化，城邦文化出版：家庭傳媒城邦分公司發行，2024.08
面；公分. --（NIL；47）
譯自：新装版 タイム・リープ〈上下〉あしたはきのう
ISBN 9786267415610（平裝）
ISBN 9786267415580（EPUB）
861.57　　113006909

獨步文化 APEX PRESS

廣　告　回　函
北區郵政管理登記證
台北廣字第000791號
郵資已付，免貼郵票

115台北市南港區昆陽街16號4樓
英屬蓋曼群島商家庭傳媒股份有限公司
城邦分公司

請沿虛線對摺，謝謝！

獨步文化 APEX PRESS

書號：1UY047	**書名**：時間跳躍的妳來自昨日	**編碼**：

請於此處用膠水黏貼

獨步文化 APEX PRESS

讀者回函卡

謝謝您購買我們出版的書籍！
請費心填寫此回函卡，我們將不定期寄上城邦集團最新的出版訊息。

姓名：________________　性別：□男　□女

生日：西元________年________月________日

地址：________________________________

聯絡電話：________________　傳真：________________

E-mail：________________________________

學歷：□1.小學　□2.國中　□3.高中　□4.大專　□5.研究所以上

職業：□1.學生　□2.軍公教　□3.服務　□4.金融　□5.製造　□6.資訊
□7.傳播　□8.自由業　□9.農漁牧　□10.家管　□11.退休
□12.其他________________

您從何種方式得知本書消息？
□1.書店　□2.網路　□3.報紙　□4.雜誌　□5.廣播　□6.電視
□7.親友推薦　□8.其他________________

您通常以何種方式購書？
□1.書店　□2.網路　□3.傳真訂購　□4.郵局劃撥　□5.其他

您喜歡閱讀哪些類別的書籍？
□1.財經商業　□2.自然科學　□3.歷史　□4.法律　□5.文學
□6.休閒旅遊　□7.小說　□8.人物傳記　□9.生活、勵志　□10.其他

對我們的建議：________________________________
____
____

□我已詳讀權利義務之相關條款，並同意遵守。

請於此處用膠水黏貼